脳科学捜査官　真田夏希

ダーティ・クリムゾン

鳴神響一

目次

第一章　《ヨコハマスカイキャビン》

【1】

空には雲がない日曜日とあって、みなとみらいの空と海を渡るロープウェイの《ヨコハマスカイキャビン》の搭乗口にはそこそこの人が並んでいた。

秋の日はつるべ落としという古い言葉があるが、真田《さなだ》夏希《なつき》が列に並んでいるうちにまわりの空は茜色《あかねいろ》に暮れていた。

二〇二一年の春に開業した《ヨコハマスカイキャビン》は、みなとみらい周辺の眺望を楽しめる都市型ロープウェイである。

前から乗りたいと思っていたが、夏希が利用するのは初めてだった。

仕事が忙しくない日はないと言ってよく、職場の近くにあるせいもあって、スカイキャビンに乗る機会はなかった。

一階の駅入口から二階にある乗降場まで人の列が続いている。ゴンドラに乗るまで五、六分では足りないかもしれない。

「混んでるね。それにあっという間に暗くなってきたね」

夏希は隣に立っている小川祐介《おがわゆうすけ》に嘆きの声を上げた。

「仕方ないさ。日曜だしな。まぁ、もう少しだ」

素っ気ない声で小川は答えた。

いや、小川としてはじゅうぶんに上機嫌な声のようにも思う。

小川は夏希が愛するドーベルマンの警察犬アリシアのハンドラーで、本部鑑識課の巡査部長である。小川のアリシアへの愛情表現は大変に濃密だ。だが、アリシアと違って人間に対しては、小川は常にそっけないのだ。

《ヨコハマスカイキャビン》は桜木町《さくらぎちょう》駅から、よこはまコスモワールドや赤レンガ倉庫のある新港《しんこう》地区の埋立地にある運河《うんが》パーク駅までの六三五メートルを五分で結ぶ。

今夜は対岸の運河パーク駅から徒歩圏内のお店で、夕食をとってから一杯やろうと出かけてきた。

小川が夏の事件のときに言っていた「アリシアと初めて会ったときのことや一緒に苦労して、訓練していた頃のこと」をゆっくり聞けるのは楽しみだった。

そのとき夏希のスマホが振動した。

液晶画面を見ると、相手方の電話番号は見知らぬ番号で、［＋80］で始まっている。

（詐欺電話だ）

夏希は顔をしかめた。

着信番号の最初に付される番号は「国番号」と呼ばれる。たとえば［＋1］はアメリカ合衆国、［＋44］はイギリスだ。［＋1844］から始まる番号の場合、北米向けのトールフリー（フリーダイヤル相当）で、九九パーセントが詐欺電話とされる。ほかにも国際フリーフォンの［＋800］や、国番号として使用されていない［＋28］［＋29］［＋69］［＋80］などは番号偽装をしている場合を含めて詐欺に使われている可能性が非常に高い。

詐欺電話のパターンを聞いておくのもなにかの役に立つだろうと思って夏希はそのままの状態で電話に出た。内容は伝言メモ機能に録音される。

相手は女性の声の自動音声で、このままだと法律上の制限のためにこの電話番号が使用できなくなると脅した。さらに電話番号を使い続けるためには数字の1を押すようにと言ってきた。このパターンかと思いつつ、夏希は電話を切った。

たいていの場合、この1を押すと、オペレーター役の人間につながる。次々にウソの指示をしてきて、QRコード決済サービスや銀行口座振り込みを使って金を騙《だま》し取ろうとする。

このような電話を使った詐欺は後を絶たない。

詐欺電話を受けているうちに、夏希たちは乗降場にたどり着いた。

夏希はスマホをしまった。

「さぁ、乗れるぞ」

小川が陽気な声を出した。

「いってらっしゃいませ」

制服姿の女性に声を掛けられ、夏希と小川はゴンドラに乗り込んだ。

ゴンドラは四人掛けのベンチシートが向かい合わせた八人乗りとなっている。

反対側には、子連れの家族とおぼしい四人が先に乗っていた。

若い父親と母親、小学校中学年くらいの娘と低学年くらいの息子の一家と見える。

室内は暖房が効いていて快適な空間となっている。

ゆっくりとゴンドラは空の旅へと出発した。

真下のメモリアルパークでは帆船日本丸《にっぽんまる》がライトアップされて白く輝いている。

少し目を上げると、ランドマークタワー、色とりどりの観覧車・コスモクロック21が目立つよこはまコスモワールド、船の帆をイメージした半月型のインターコンチネンタルホテル、遠くには横浜《よこはま》港北部の街並みが海の向こうに浮かんでいた。

いまの横浜の魅力がぎゅっと詰まった夜景空間がひろがっている。

「すごくきれいだね」

夏希の口からはしゃぎきった声が出た。

ゴンドラから眺める横浜の夜景は鮮烈な輝きを持っていた。

四方向すべての面がガラスとなっていて眺望は抜群だった。

ガラスはハーフミラーとなっていて、外部からは内部のプライバシーが守られる仕組みになっているようだ。

真田夏希は中華街《ちゅうかがい》近くの科学捜査研究所を仕事場としていて、海岸通《かいがんどお》りにある県警本部からのみなとみらいの夜景は見慣れている。そんな夏希にとっても、四〇メートルの高さで動くゴンドラの窓をゆっくり流れゆく横浜の夜景は鮮やかな魅力を持っていた。

ランドマークタワーの展望階からみなとみらいの夜景を眺めたことはある。

だが、自分の目の高さで高層ビルの中層階が動いてゆく夜景は新鮮だった。

「悪くない景色だな」

小川がぶっきらぼうにつぶやいた。とは言え、いまの小川は最高に機嫌がよいのではないか。

家族連れはあちこちの景色に見入っている。

息子ははしゃぎながら「俺、恐怖の館も急流すべりも、ぜんぜん怖くないんだぜ」と威張った。

顔をしかめた母親が「今日はそんなにまわれないよ。ジャンケンしてお姉ちゃんが勝ったんだから、観覧車のエリアが中心よ」と注意している。

息子は「だけどぉ」と言いながら頬をふくらませた。

姉は弟を小馬鹿にしたような顔で笑っている。

弟は姉に向かって歯を剝《む》きだした。

父親は黙って大さん橋の方向に目をやっていた。

子どもたちの希望も調整しなければならない。家族を持つのは大変だなと夏希はあらためて感じた。

もっともよこはまコスモワールドは遊園地としては圧倒的に便利な場所にあるから、たとえば横浜市民なら何度でも来る機会があるだろう。

かつて桜木町と新港地区とを結んでいた横浜臨港線の跡が遊歩道となっている汽車道を越えると、眼下に運河パーク駅が見えてきた。桜木町から運河パークの間を汽車道を歩くと一五分ほどかかるらしい。

左手には運河の終端部分の桟橋に《横浜ナイトビュークルージング》の観光船が停泊している。

五分の空の旅は終わろうとしていた。

こちらへ向かうゴンドラが近づいてきた。

「えっ?」

対向路線のゴンドラのようすがおかしい。

乗客が立ち尽くし、叫び声を上げているようだ。

「なにがあったんだ?」

小川がつぶやいた。

夏希たちが乗ったゴンドラは運河パーク駅の建物のなかに入っていった。

しかし、降車場の丸い木の床に到着してもゴンドラの速度は落ちない。

「おかしい。スピードが落ちないぞ」

小川がけげんな声を出した。

本来、駅舎に入ると、乗降のためゴンドラはほとんど停まるくらいの速度に落ちるはずだ。

どういう仕組みか夏希にはわからないが、いままで牽引《けんいん》していたケーブルからゴンドラは分離して別の方法で乗降場内を移動するらしい。

ゴンドラは自転車くらいのスピードで宙を走ってきた。

その速度が少しも減少していない。これでは降りることができない。

「スピードがおかしいようです。皆さんは椅子に座っていてください」

夏希は立ち上がって向かいのシートの家族に力を込めて呼びかけた。

ふた親は真剣な顔でうなずいた。

幼い子二人はなにが起きたのかわからないという顔をしている。

「おまえたち、椅子に座っていなさい」

父親は厳しい声で子どもたちに命じた。

「ユカ、トキヤ、椅子から立たないでっ」

母親は緊張した声を出した。

「うん、わかった」

「俺、立たない」

子どもたちは引きつった顔でそれぞれにうなずいた。

ゴンドラが止まるあたりの位置に、ライトブルーのジャンパーを着た技術スタッフらしい男性が二人立っている。

二〇代と四〇代くらいの二人は、緊張した顔つきで頭の上で左右の手を横に振っている。

スピードが落ちないままゴンドラのドアが自動で左右に開いた。

「おいっ、どういうことだ」

小川は声を張り上げてスタッフに訊《き》いた。

「緊急事態です。ゴンドラがケーブルから分離せず、スピードが落ちません」

若い男が悲痛な声で答えた。

「そのまま座っていてくださいっ」

年かさの男は小川に厳しい声で制止した。

「そこをどいてくれ。俺たちは警察官だ。俺は降りる。真田も続けっ」

小川は叫んでさっと飛び降りた。

無事に着地した小川は振り返った。

「どうした、真田、来いよっ」

夏希の目をまっすぐに見て小川は叫んだ。

ゴンドラのスピードは落ちないので、気をつけなければケガをしかねない。

だが、夏希はこの後の動きを考えると早くゴンドラから降りたかった。本部からなんらかの職務が課されるかもしれない。

思い切って、夏希は飛び降りた。

よろめきながらも両脚に力を入れ床を踏みしめて夏希は身体のバランスをとった。

うまい具合に夏希が木の床に飛び降りた途端、背後でゴンドラのドアが閉まった。

四人家族の両親はぼう然とした顔つきで、こちらを見ている。

子どもたちは相変わらずきょとんとした顔つきのまま桜木町駅方向へ運ばれてゆく。

前のゴンドラから飛び降りたと思《おぼ》しき四〇代くらいの男性が数メートル先で座り込んでいる。隣には同年輩の女性が心配そうに立っている。

さらに二人ほどの男性客もぼう然としたようすで立ち尽くしていた。

「大丈夫ですか」

別の女性スタッフが気遣わしげに訊いた。

「くーっ、足を痛めた」

男は顔をしかめて右の膝《ひざ》を抱えている。

「救急車を呼びますね」

女性はスマホを取り出した。

「いったいなにが起きたんですか」

小川は年かさの男性スタッフに向かって訊いた。

「わけがわかりません。ゴンドラが場内に進入しても索道から分離せず、そのまま索道を走行してしまいました。しかも緊急停止装置が働かないんです」

男性は眉根《まゆね》を寄せた。

「緊急停止装置も利かない……」

首を傾げて小川は言葉をなぞった。

これは機械故障の事故なのか。夏希は嫌な予感を抑えられなかった。

「ただいま機械の不調のためゴンドラには乗車できません」

若いスタッフが、入場禁止の札を掲示した。

「なんでだよ」

「券は買ってあるのよ」

「桜木町で夕食予約してあるんだ」

まわりでは桜木町方向のゴンドラに乗る予定の乗客たちが騒いでいる。

混乱が大きくなりそうだ。

反対方向から二人の若い制服警官が走ってきた。地域課の防刃ベストを着込んでいる。

この場は地域課に任せたほうがよさそうだ。

「お降りになったお客さまは、出口へ向かってください」

入場禁止の札を掲示したスタッフが叫んでいる。

その場に残っていた二人の男性ははじかれたように出口に向かって歩き始めた。

「小川さん、ここを離れましょうか」

夏希は小川に声を掛けた。

「ああ、そうだな。ここにいてもなにもできない」

素直に小川はうなずいた。

さらに四〇歳くらいの警官が早足で近づいてきた。

胸の徽章《きしょう》を見ると、巡査部長だ。

「刑事部の小川です。たまたまロープウェイに乗っていたんですけど、なにが起きたかわかりますか」

小川は巡査部長を捕まえて訊いた。

「あ、どうも。新港町《しんみなとちょう》交番の者です。いや、いま駅のほうからゴンドラが停まらないと通報があったばかりでして、本部には連絡したのですが、なにがなにやら」

たしかこの駅に隣接して交番があったはずだ。

「ご苦労さまです」

小川が言うと、巡査部長はかるく頭を下げて走り去った。

夏希たちは横浜ワールドポーターズに続く連絡通路まで進んできた。

「連絡があるかもしれない。とりあえず、お茶でもするか」

のんきな声で小川が言った。

「そうだね。このビルにマックが入っていたね」

夏希が答えたところで、ポケットのスマホが振動した。

県警刑事部長の織田信和《おだのぶかず》の名前が表示されている。

「真田さん、織田です。お休みのところすみません」

スマホから織田の通りのよい声が聞こえた。

「お疲れさまです。いま《ヨコハマスカイキャビン》の運河パーク駅にいます。ゴンドラの事故がありまして、一人が軽症を負ったらしいのですが……地域課が対応しています」

「そりゃあ偶然ですね。で、真田さんはケガはしていないんですよね」

織田は心配そうに尋ねた。

「はい、わたしはなんともありません」

明るい声で夏希は答えた。

「実はそのスカイキャビンの関係で、刑事部が対応しなければならない事態となりました。僕は官舎から本部に向かうところです。申し訳ないですが、これから刑事部に駆けつけてもらえませんか」

織田の声は暗かった。

「え？　わたしがですか？」

さすがに驚いて夏希は訊いた。

「お休みのところ恐縮です。真田さんの力が必要なのです。本部まで来て頂けませんか」

織田は丁重な調子で頼んだ。

ふつうの上司なら「本部に来い」と端的に命令するところだ。

嫌な予感が当たった。

刑事部が対応するとなると、いまのスカイキャビンの異状は単なる故障ではない可能性が高い。

小川との夕食の約束がフイになってしまうのは残念だが、仕事とあれば仕方がない。

「はい、すぐに行きます。小川さんもここにいるんですが、彼も同行したほうがいいですか」

夏希は小川の顔を見ながら訊《き》いた。

「小川さんと一緒ですか？」

けげんな声で織田は訊いた。

「はい、アリシアの話をしようってことで会ってたんです」

夏希は素直に今日のことを口にした。

「現時点では、アリシアと小川さんの出番はないと思います。真田さんだけでけっこうです」

平らかな声で織田は言った。

「わかりました。すぐに本部に行きます」

夏希は元気よく答えた。

「刑事部長室に来てください。僕が着くのにも二〇分くらい掛かります。焦らなくていいですよ」

静かな声で織田は電話を切った。

織田は警察庁から神奈川県警に異動になった際に、世田谷《せたがや》区の自宅から山手《やまて》の県警幹部公舎に引っ越した。山手の公舎から海岸通りの県警本部までは、公用車なら一〇分ほどで移動できるはずだ。

「小川さん、いまのロープウェイの異状、刑事部事案だってさ」

冴《さ》えない声で夏希は小川に言った。

「なんだって……あれは人為的なものなのか」

小川は低くうなった。

「よくはわからないけど、織田部長からわたしに出動命令が下った。これから本部に行かなきゃなんない。ごめん、夕飯はまたの機会にして」

かるく手を合わせて夏希は言った。

一瞬、小川は気難しげな顔をしたが、表情をあらためて言った。

「そうか……タクシーを止めるよ」

路肩に出た小川は右手を高く上げて、緑色のタクシーの空車を捕まえてくれた。

あの家族をはじめゴンドラに取り残された乗客のことを気にしつつ、夏希はタクシーに乗り込んだ。

「頑張ってこいよ」

小川に見送られて、夏希は運河パーク駅を離れた。

【2】

「遅くなりました」

入室のゆるしを得て刑事部長室に入ると、夏希は室内に声を掛けた。

「真田さん、お休みのところすみません」

明るい刑事部長室中央に設《しつら》えられた会議テーブルの島から織田の声が返ってきた。

一人座る織田の正面にはノートPCが起《た》ち上げられている。

部屋の隅に追いやられたソファにはPCを前にして、顔を知らぬ私服捜査員が座っていた。

私服捜査員と夏希はお互いに目礼した。

「まずは座ってこれを見てください」

浮かない顔で、織田はPCの画面を指さした。

「これは……」

織田の隣に座って画面を覗《のぞ》き込んだ夏希は低くうなった。

──神奈川県警の諸君。今夜の《ヨコハマスカイキャビン》の特別演出はお楽しみ頂けただろうか。端《はた》で見ていても君たちのあわてぶりは楽しかったよ。さて、我々はさまざまな分野で卓越した力を持っている。今回は予告篇だ。数日内に本篇を演ずる予定だ。君たちの感想を伺いたい。君たちの感想如何《いかん》によって次の演出を決めてゆくつもりだ。我々が今夜の演出を行った証拠を次に示す。

桃太郎《ももたろう》

続けて夏希には意味がわからない英数字の文字列が並んでいた。

なんらかのプログラムのようだった。

かつてこのような方法で、自らの犯行であることを証明しようとした犯人がいた。今回も同じような趣旨なのだろう。

犯人は「桃太郎」というふざけた名前を名乗っている。

「偶然にも、わたしは数十分前に《ヨコハマスカイキャビン》が停まらなかった場面に遭遇しました。あれは機械の不調ではなく、桃太郎を名乗る人物の犯行によるものだったのですね」

夏希の声は乾いていた。

「そうです。機械の不調ではないのです」

織田の暗い声が響いた。

「クラッキングだったのですか」

念を押すように夏希は訊くと、織田はゆっくりあごを引いた。

「ええ、スカイキャビンのコントロールシステムがクラッキングされたものと推察しています。現在、現場の運河パーク駅と桜木町駅には地域課員が出動して混乱の収拾に当たっています」

「ゴンドラから降りられずに困っていた乗客は救出されましたか」

タクシーの中でもずっと気になっていたことを夏希は尋ねた。

「あのゴンドラの最高速度は秒速四・五メートル、時速に換算すると一六・二キロだそうです。事件発生時には少なくとも一二キロ近い速度で運行されていました。当然ながら、子どもや老人が降車するのは難しい速度です。ですが、最終的には、運行システムを完全に手動操作にして通常通りの降車が可能になったとのことです。現在は全乗客は桜木町駅でゴンドラから降りることができ、帰宅の途についたそうです」

明るい声で織田は言った。

「それはよかった。負傷者の状況はどうですか」

足を痛めたと言っていた男性の姿を夏希は思い浮かべた。

「最初に無理して降りた一名の男性が救急搬送されましたが、軽い捻挫《ねんざ》ですんだようです」

織田はおだやかな声で答えた。

「軽傷者が一名で幸いでした。このメッセージからすると、刑事部が対応する事態ですね」

夏希の問いに織田は眉《まゆ》をひそめた。

「はい、現時点でも威力業務妨害罪や傷害罪に該当しますが、メッセージは明らかな脅迫を含んでいますので刑事部対応です」

「クラッキングについての捜査も進めなければならないわけですよね」

五島《ごとう》をはじめ、かつて机を並べていたサイバー特捜隊の同僚たちの顔が浮かんだ。

「警察庁サイバー特捜部の五島くんに連絡を取っていますが、現在、彼は急を要する大きな事件を抱えているとのことです。詳しくは話してもらえませんでしたが、合衆国の連邦警察との合同捜査に注力していて、こちらの件には時間が割けないそうです」

織田は眉根を寄せた。

「そうなんですか」

夏希は失望せざるを得なかった。

警察庁サイバー特捜隊は、この四月にサイバー特捜部に改組されて機構も変わり人員も増強されている。国際共同捜査の実績も積み、世界各国の捜査機関にもその実績が認められている。

サイバー特捜部への改組や発展によって、五島がますます多忙になっていることは推察できる。

「天才ハッカーの五島さんの協力がなければ、先行きが不安ですね」

正直な気持ちを夏希は口にした。

いくら五島と織田の親しい関係でも、二人とも組織の人間だ。警察庁と神奈川県警の力関係からできることには限りがある。

「すでに県警サイバーセキュリティ対策本部と連絡を取っています。県警内のサイバー捜査官が発信元の特定と桃太郎が提示したプログラムの解析を開始しています。いまのところ、発信元の特定は難航しているとのことです」

県警刑事部長としての態度を織田は崩さなかった。

「桃太郎は次の犯行を予告していますね……」

夏希の声は不安に曇った。

「次の犯行を防ぐのが僕たちに課された責務です」

織田は夏希の顔を見てきっぱりと言い切った。

「おっしゃるとおりだと思います」

夏希は自分の責務を果たすべく覚悟を持たざるを得なかった。

「このメッセージは例によって県警相談フォームに投稿されたものですが、こちらからの返信用アドレスを提示しています。メッセージにもある通り、神奈川県警からの返信を要求しています」

織田は夏希の目をじっと見た。

「だから、わたしをお呼びになったのですね」

このメッセージは警察の返信を呼びかけている。

「はい、まさに真田さんの出番だと思います。過去の事件と同じように返信の手段は確保できています。このメッセージのやりとりは、世間に対しては公表されません」

目の前のPCを織田が操作すると、見慣れた返信用のフォームが現れた。

「こちらから桃太郎に対して返信してください。いつものように県警を代表する《かもめ★百合《ゆり》》名義での発信をお願いします」

織田は素早く自分の身体を移してPC前のスペースを空けた。

「わかりました」

短く答えて、夏希はPCの前に座ってキーボードを叩《たた》き始めた。

もはや、《かもめ★百合》の名で発信することに抵抗はなかった。

スポークスマンという性質ではないが、こうした対話を求める犯罪者にとっては、《かもめ★百合》は神奈川県警そのものの意思と感じているのかもしれない。

――桃太郎さん、はじめまして。わたしは神奈川県警の心理分析官《かもめ★百合》です。《ヨコハマスカイキャビン》が規定の通りに発着できなかったのは、あなたたちの仕業だったのですね。わたしはあなたたちとお話ししたいと考えています。わたしに話したいことがあればこちらのフォームでお話を伺います。どうぞよろしくお願いします。

かもめ★百合

夏希はあえて自分がその場にいたことには触れず、かなり形式的な第一信を作ってみた。

桃太郎からのメッセージは《ヨコハマスカイキャビン》の暴走が自分たちの仕業であることと、次の犯行の予告を考えていることしか書いていない。最初はなるべく淡々と呼びかけるべきと夏希は考えた。

「こんな感じでしょうか」

夏希はPCの画面から目を離して織田の顔を見た。

「よろしいと思います。送信してください」

さっと画面を見て織田はかるくうなずいた。

「了解です」

指先に力を入れて夏希はマウスをクリックした。

脅迫メッセージに最初に返信するときには、いまでも緊張する。

「桃太郎がどう出てくるか……」

織田はあいまいな表情で笑った。

三分と待つことはなかった。
目の前のPCから着信を示すアラートの音が鳴り響いた。
夏希は緊張感が高まるのを覚えた。
ソファの私服捜査員は居住まいを正した。
「来ましたね」
織田がいくらかこわばった声で言った。

――返答に感謝する。が、まずは、我々がスカイキャビンをクラッキングした人間との確認は取れたのかね。プログラムが実際に使われたものと同一であることは確かめたのか？
桃太郎

桃太郎は自分が犯人であることの特定を要求しているが、県警サイバーセキュリティ対策本部からはいまだに回答は得られていない。そう簡単にできることではないとは理解できる。

――いま専門のサイバー捜査官が解析を進めています。もう少し時間をください。
かもめ★百合

夏希としては正直に答えるしかなかった。

――わかった。では、今夜はもういい。我々がクラッカーであると確認できなければ、いくら話しても時間の無駄だろう。こちらもそんな無駄な時間を使いたくはない。諸君の組織のサイバー捜査官による分析が進み、我々が真に対話すべき相手と確認が取れたら、また明日にでも連絡してきたまえ。では、おやすみ。

桃太郎

「残念ながら、今夜はこれ以上の返信は望めないようですね」

夏希はPCから目を離して織田の顔を見た。

「せっかく真田さんに本部まで来てもらったのに、この程度の対話しかできなくて申し訳ない」

織田はおかしな気遣いをしている。

当然ながら、夏希は早く帰れたほうが嬉《うれ》しい。

「いえいえ、犯人との対話には身を削られます。あまり続かなくてホッとしました。いずれにしても対話のチャンネルは確保できましたね」

夏希は明るい声で答えた。

「ところで、桃太郎という名前はなにを意味しているのでしょうか」

首を傾げて織田は訊《き》いた。

このハンドルネーム（と呼ぶべきかはわからないが）は、夏希にもひどく奇妙なものに感じられた。言うまでもなく、桃から生まれて鬼退治をするのが昔話の桃太郎である。

「あまりピンとこないですね。むしろ注目すべきは『我々』という自称との兼ね合いですね」

夏希は言葉にいくらか力を込めた。

「犯人が本当に複数であるかを知りたいですね」

静かに織田はうなずいた。

「いまの時点ではまったくわかりません。過去にも自称が複数であったものの、蓋《ふた》を開けてみると単独犯であったケースも存在します。複数であることを名乗るほうが、犯人にとっては安心感があるのかもしれません」

言葉にしたとおり、夏希自身には現時点では判断できなかった。

「引き続き注視していきましょう……まず、桃太郎は《ヨコハマスカイキャビン》事件の犯人と考えていいですよね」

最も根本的な問題だが、夏希はこの点には疑いを持っていなかった。

「わたしはそう思っています」

はっきりとした声で夏希は答えた。

「いまの時点では《ヨコハマスカイキャビン》に対するクラッキングが実際に行われたかどうかの判断もできていません。ですから桃太郎によって提示されたプログラムが実際のクラッキングに使われたものと同一かどうかはわかりませんよね。それでも、真田さんは桃太郎が犯人だと考えているのですね」

慎重に織田は確認した。

「はい、そう思います」

きっぱりと夏希は答えた。

「なぜですか」

織田は首を傾げた。

「勘です」

苦笑しながら夏希は答えた。

だが、夏希は文章全体の印象から、桃太郎は今回の事件の真犯人だと考えていた。

別の者がこのタイミングでイタズラ投稿を行ったとは考えにくかった。

「まぁ、情報量が少なすぎますね。僕は真田さんの勘を信じます。では、真田さんは、最初のメッセージから桃太郎がどんな人物と考えますか。年齢、性別等について意見はありませんか」

織田は夏希の目をじっと見た。

「あのメッセージでは詳しいことはわかりません」

正直に答えるしかなかった。

「そうでもありましょうが、真田さんのいまの印象をお願いします」

いつも織田は夏希のファーストインプレッションを聞きたがる。

「個人的な感想に過ぎません。いつもそうですが……」

夏希は言い淀《よど》んだ。以前の事件では犯人が多面的な人格を装い、夏希の第一印象が大外れだったこともあった。

「それでもいいです。話してください」

織田の口調はやわらかかった。

「そうですね。文体はしっかりしていて文法的にも誤りが見られません。語彙《ごい》も豊富ですね。『感想如何《いかん》によって』の『如何』は話し言葉ではあまり使われません。『感想如何によって』は、ふつうなら『感想によって』とするところでしょう。また『我々が真に対話すべき相手と確認が取れたら』などという文言も書き言葉そのものです。こんな点からは桃太郎は文章を読み慣れている、あるいは書き慣れている人物であるという気がします」

夏希の言葉に織田はゆっくりとうなずいた。

「では、どのような人物を想定していますか」

織田は問いを重ねた。

「年齢や性別はわかりませんが、極端に若い人物ではないですね。社会人としての経験はある程度持っていると思います。きちんとした文体から職場で上司や同僚などとメッセージのやりとりをした経験があるはずです」

この点については夏希は確信していた。学生など、社会人経験のない者ではなかなか書けない文章だ。

「職業経験はあると……」

織田は考え深げに言葉をなぞった。

「はい、現在はわかりませんが、一定の期間、組織に勤務していたことはある人物でしょう」

夏希は織田の目を見て言った。

「大変、参考になります」

織田は納得したようにうなずいて言葉を続けた。

「さて、明日は朝から指揮本部を立ち上げます。なんとか桃太郎の次の犯行を防がなければなりません。指揮本部をどこに置くかは迷ったのです。《ヨコハマスカイキャビン》の桜木町駅は伊勢佐木《いせざき》署の管轄、運河パーク駅は横浜水上《よこはますいじょう》署の管轄です。伊勢佐木署は犯罪多発地域を管内に抱える大規模署ですし、横浜水上署は横浜駅や鶴見《つるみ》方面の河川も含むひろい水上管轄区域を持つ特殊な警察署です」

眉間《みけん》にしわを寄せて織田は言った。

「警備艇も保有していますよね」

大さん橋のたもとにある横浜水上署はまさに海の警察署という雰囲気だ。

「ええ、八隻を保有します。地上では赤レンガ倉庫やよこはまコスモワールド、横浜ワールドポーターズなどが立つ新港町一帯と大さん橋や山下埠頭《やましたふとう》などが管轄区域となっています。ところで、伊勢佐木署には、末広町《すえひろちょう》で一昨日《おととい》発生した強盗致傷事件の捜査本部が現在ちょうど設置されているのです。実は、福島《ふくしま》一課長もそちらの事件にとられています。伊勢佐木署の講堂も塞《ふさ》がっていますので、横浜水上署に指揮本部を設置しようと思っています。今回は人的被害は軽傷者一名しか出ていないことから、とりあえず少人数の指揮本部にしようと思っています」

織田は夏希の目を見て言った。

「いまの時点ではそれほどの数の捜査員は必要ないかもしれませんね」

これからなにが起きるかはわからない。しかし現時点では捜査はネットを中心にならざるを得ない。足で稼ぐ捜査員を配置するのは次の事態に備えるためとなるだろう。

「明日《あした》の朝、八時半に第一回の捜査会議を開きます。真田さんも出席してください。科捜研には僕のほうから連絡するようにします。せっかくのお休みに呼び出して申し訳ありませんでした。今夜はどうぞお帰りください」

織田は座ったまま深々と頭を下げた。

「いえ……これ以上の犯行が起きないことを心より祈っております」

夏希は刑事部長室を離れた。

桃太郎との短い対話でも夏希は疲れていた。

お腹が空《す》いていたので、大さん橋のたもとにあるハワイ料理店で名物のカレーでも食べて帰りたかった。だが、織田たちが今まさに指揮本部を置こうとしている横浜水上署とあまりに近くてなんだか気が引けた。直線距離なら一〇〇メートルくらいしかないのではないか。それに通りから覗《のぞ》いてみたら、カップルなどであふれそうに混んでいたのであきらめた。

最寄りの横浜高速鉄道みなとみらい線の日本大通《にほんおおどお》り駅から電車に乗って横浜駅に戻った。

横浜駅の駅ナカのホーム下にあるカフェでカレーライスとサラダを食べて夕飯とした。

簡単な食事を終えると、横浜市営地下鉄ブルーラインに乗り換えて舞岡《まいおか》駅近くの自宅に戻った。

せっかくの休日デートは味気ない職務で終わった。


【3】


「そんなわけで桃太郎を名乗る人物がメッセージを送ってきたってわけ」

舞岡の自宅に戻った夏希はすぐに小川に電話を入れて、刑事部長室での経緯を説明した。

「桃太郎なんてふざけたヤツだな……なにが目的なんだろう」

小川は不機嫌な声を出したが、いつもこんな感じなので気にするほどのことはない。

「いまのところなにもわからないんだ」

今夜のメッセージでは、桃太郎の意図は不明としか言えなかった。

「それを明らかにするのが真田の仕事だからな」

小川はさらりとプレッシャーを掛けるようなことを言った。

「そういうこと。また今度アリシアの話聞かせてね」

夏希は話題を変えた。

「ああ、いまの事件が終わったら考えるよ……じゃ、お疲れ」

素っ気なく小川は電話を切った。

なにも言わなかったが、今夜の二人の飲み会を台無しにした桃太郎に対して小川なりに怒っているようでもあった。

相変わらずの小川の雰囲気に、夏希は内心で笑っていた。

さぁ、飲み会を邪魔されたことと刑事部長室での疲れを癒《いや》すための時間を始めよう。

夏希はまずバスルームに向かった。

ここのところ、久しぶりに《ロタンティック》のバスソルトを気に入って使っている。

何年ぶりだろうか……「ラベンダーの庭」という名を持つ薄紫色の結晶は見た目にも美しい。このフランスのフレグランスブランドのバスソルトは、今夜のように疲れを癒したい夜には選びたくなる。

精神を安定させて鎮静効果をもらたすラベンダーの香りをゆったりと楽しんで、夏希はバスタイムを終えてリビングに戻った。

ヘアケアの時間をすごすのだ。

乾燥してきた空気のせいで先月くらいから髪の毛がパサパサになって悩んでいた。行きつけの馬車道《ばしゃみち》駅近くの美容院で、いつも担当してもらっているオーナーの小針《こばり》氏に相談した。

小針は五〇代の男性で、四〇代なかばまでは、南青山《みなみあおやま》のカリスマ美容師として有名だった。現在でも彼の作品写真などはかなりアバンギャルドだが、夏希によく似合うナチュラルなスタイルを作ってくれる。

警察に入る前から、もう何年も夏希は自分のヘアスタイル作りをずっと小針にお願いしている。

夏希のダメージヘアの相談に、小針はヘアオイルによるケアを奨《すす》めてくれた。

それまでスタイリングにヘアオイルを使ってみようとしたことはあるが、ベタついてなんとなく好きになれなかった。だが、それは使い方を間違えていたためであったのだ。

小針が言うには、髪にとってヘアオイルは「肌でいう乳液のようなもの」だそうだ。つまり欠かせない存在とも言える。ヘアオイルは第一に髪の毛の栄養分を逃がさず保湿してくれる。第二に髪のダメージケアをしてくれる。髪の毛のダメージは紫外線やドライヤーの熱、タオルドライの摩擦のせいで生じる。オイルは髪の毛の表面を保護してくれるのだ。第三に夏希も目的としていたようにスタイリング剤としての効果がある。

夏希が間違っていたのは、ヘアオイルをドライヤーの後につけていたことだった。

小針は正しい使い方を教えてくれた。まずはしっかりとタオルドライをする。次に手のひらに出したヘアオイルを、毛先を中心に内側から全体になじませる。最後にドライヤーで髪を乾かす。これでサラサラで美しい髪の状態を作れるのだ。

ヘアオイルにはさまざまな種類があって、ゲランやシャネル、クリスチャンディオールなどの高級ブランドの製品もある。しかし、小針が紹介してくれたのは日本発の《ｔｒａｃｋ》だった。二〇二〇年にスタートしたこのヘアオイルは天然由来成分が九七パーセント以上で、肌にもやさしく夏希の髪には合っている。

シンプルできれいなボトルに入った《ｔｒａｃｋ》には、明るい赤色のローズ、緑のカシス&バジルなどがそろっている。香りごとに質感や濡《ぬ》れ感も異なる。

夏希はラベンダーにレモン、ユーカリをミックスした№3の「シトラスフローラルの香り」を好んでいる。ちょっとキンモクセイにも似た香りで、質感と濡れ感はともに重めである。つまりしっかりした使い心地だ。

香りを楽しみながらヘアケアをすませてヘアオイルやドライヤーを片づけた夏希は、お酒タイムに移ることにした。

もうすぐボジョレー・ヌーヴォーの解禁日だ。今年はたしか一一月二一日だった。だが、それまでの間はここのところ気に入っているカリフォルニア・ワインを楽しもうと思っていた。

スペインに次いで世界四位の生産量を誇る合衆国ワイン、その八割はカリフォルニア州で作られる。最近はカリフォルニアの高級ワインがヨーロッパの有名なワインコンテストで上位入賞することも多い。だが、日頃のお酒は無理しない範囲で美味《おい》しいものを飲みたいと、夏希は考えていた。生活のゆとりを、無理しないで楽しむことはすごく大事だと思っている。

そんななかで知り合いのレストランで教えてもらったシラー種の手頃なカリフォルニア・ワインが《リブ・ティックラー・カリフォルニア・シラーズ》だった。

アメリカらしくバーベキューなどに合うように醸されたワインだという。

バーベキューは夏希宅では無理だが、このワインはローストビーフやハンバーグにも合う。

夕食が切なくなったが、昨日、横浜駅近のお店でテイクアウトしてきたいつものローストビーフが冷蔵庫にあるのが救いだった。

夏希は黒い陶器の皿に、ローストビーフとルッコラを盛り付けてワインを開けた。

チェリーやカシスの甘い香りが先立ち、口に含んだときにはシラー種独特の黒コショウにも似た香りが楽しい。

スッキリした味わいはいくらでも飲めそうで夏希は自分を必死で制御した。

ＢＧＭにはオールドファッションなモダンジャズを選んで西海岸のバーを気取ってみた。およそ七〇年前の音楽であって、部屋のなかに古色蒼然《こしょくそうぜん》たるアメリカン世界を作ってくれる。

一杯目のグラスを干したいまはジェリー・マリガン・カルテットの『パシフィック・ジャズ』三曲目が流れている。

美味しいワインのおかげでなんだか楽しい雰囲気が盛り上がってきた。

やがて酔いも回ってきたところで、夏希は今夜の映画に移ることにした。

歯を磨いて液晶テレビの前に座る。

今夜は難しいドラマではなく、壮大なドキュメンタリーを見たかった。

夏希が選んだのは地球をテーマに五年をかけて撮影されたＢＢＣ製作の『Ｅａｒｔｈ』という映画だった。

現在は配信されているが、このディスクは古くから持っている。

とは言っても製作年の二〇〇七年から一〇年近く経ってから、ネットでこの映画の情報を知ってブルーレイを買った。

同じＢＢＣ製作で海洋ドキュメンタリーの『ディープ・ブルー』とともに、大自然の圧倒的な力に呑《の》み込まれる時間を存分に味わえる。

環境問題を考える時間としてはいけない。とにかく大自然に圧倒される時なのだ。

始まるとテレビ画面に映るのは大自然だけだ。

ベルリン・フィルハーモニー管弦楽団の荘厳な音楽が世界をひろげてくれる。

大地を覆う激しい雲とやがて現れる華やかな虹《にじ》に、大地を横切っていく膨大な数の野生動物の集団に、空を覆って埋めてしまう野鳥の大群に、夏希はこころを奪われていった。

今夜の二人飲み会がフイになった淋《さび》しさを少しだけ忘れられそうだった。

第二章　マニック・ディフェンス

【1】

横浜水上警察署は大さん橋のたもとに建っている。

世界を代表する大型客船が停泊する大さん橋国際客船ターミナルは、この栈橋の先端側の大部分を占める。栈橋のかたわらには横浜水上警察署や税関の庁舎などが建てられている。

横浜水上署は、県警本部から直線距離で五〇〇メートルほど、みなとみらい線の日本大通り駅から徒歩四分くらいの位置にあった。

戸塚《とつか》区の舞岡町にある夏希の自宅からは、中華街のはずれにある科捜研よりも早く着く。

夏希は八時二〇分には講堂に入った。

横浜水上署の講堂からは、赤レンガ倉庫やよこはまコスモワールド方向がよく見えた。

夏希は管理官席の隣の自分の席に腰を下ろした。

管理官席には誰も座っていなかった。

「真田さん、おはようございます」

振り返ると、小堀沙羅《こぼりさら》が明るい顔で立っていた。

沙羅は捜査一課強行七係の巡査長であるが、夏希とはプライベートでも一緒に行動するくらい親しい。賢いばかりではなく、やさしい人柄で、沙羅と一緒にいると、夏希は安心することが多い。

フランス人である母親の血が濃い顔立ちでモデル並みの整った容貌《ようぼう》だ。

「おはよう、元気そうね。石田《いしだ》くんも呼ばれてるの」

夏希は隣に立っている石田三夫《みつお》にも声を掛けた。

「当然です。小堀のいるところに石田ありですよ」

気取った顔を作って、石田は背筋を伸ばした。

石田は階級は沙羅と同じ巡査長だが、捜査一課に来て日の浅い沙羅の指導役を気取っている。

ちょっと軽薄なところもあるが、明るくさっぱりとしたキャラは憎めない。

「実はね、真田先輩、捜一でもちょっととんでもないことがありまして」

石田は歩み寄ってきて夏希に向かって恐ろしいものでも見たような顔を作って言った。

「なによ、とんでもないことって」

半分相手にしないで、夏希は訊《き》いた。

「後でゆっくり話します。俺の口からは言いたくない」

ぶるっと石田は身を震わせた。

どうせ大げさな話なのだ。

「石田さん、時間ですよ。もう座りましょう」

とっくに座っている沙羅の声に従って、石田もパイプ椅子に腰を下ろした。

講堂には三〇人弱の捜査員が集まっていた。昨夜、織田が言っていたとおり、小規模な指揮本部となりそうだ。

八時半になると、捜査幹部たちが入場してきた。

どこからか起立の声がかかり、捜査員たちはいっせいに立ち上がった。

まずは織田がネイビーのジャケットに淡いグレーのウールパンツ姿で現れた。

微妙な表情だ。事件の捜査になんらかの進展はあったのだろうか。

続けて制服姿の五〇代なかばくらいの男性が入ってきた。階級章は警視なので、署長だろう。

さらに、焦げ茶色のスーツを着た佐竹《さたけ》管理官が神妙な表情で席についた。

捜査員たちは音を立てて次々に着席した。

「おはようございます。刑事部長の織田です。昨夜起きた事件の関係で指揮本部を立ち上げました。本部長は織田、副本部長は丸山成三《まるやませいぞう》横浜水上署長、捜査の具体的な内容については佐竹義男《よしお》刑事部管理官に仕切って頂きます」

織田らしく、司会などを介せずに、自分で話を進めてゆき幹部らを紹介した。

事件を事後に扱う捜査本部より、同時進行で解決を目指す指揮本部ではなおのこと迅速性が要求されるからかもしれない。

紹介されて頭を下げた丸山横浜水上署長は痩《や》せて眼鏡を掛けた生真面目そうな男性だった。署長が舟艇に乗るわけではないが、海の男のような雰囲気は少しもなかった。

佐竹管理官はいつもの通り、厳しい顔つきで頭を下げた。

「昨夜、市内の《ヨコハマスカイキャビン》で、異常事態が発生しました。桜木町と運河パークのそれぞれの駅に着いたゴンドラの速度が落ちず、乗客が乗降できないという状況でした。原因を探っていたところ、スカイキャビンの運行システムプログラムをクラッキングしたという犯行宣言が我が県警に対して届きました。発信者は桃太郎を名乗る人物で、刑事部内で対応しましたが、桃太郎はこれと言った要求などをしませんでした」

どんどん説明を進めていた織田はちょっと言葉を切った。

「その後、サイバーセキュリティ対策本部のサイバー捜査官がクラッキングの事実を確認し、また桃太郎が提示していたクラッキングに使用したというプログラムが本物であることも確認できました。従って、桃太郎を名乗る人物が《ヨコハマスカイキャビン》の運行システムにクラッキングしてゴンドラの速度を狂わせた犯人であることは間違いないようです」

織田の声は朗々と響いた。

講堂内は静まりかえっている。

「ところで、サイバー捜査官の分析によりある事実が明らかになりました。このことについては、直接に指揮を執っている佐竹管理官から説明してもらいましょう」

ちょっと目配せをして、織田は佐竹管理官に話を振った。

佐竹管理官は講堂内を見まわしてからゆっくりと口を開いた。

「《ヨコハマスカイキャビン》のシステムに侵入し、動作を狂わせたのは、ある外国サーバーに置いてあるプログラムだった。このサーバーは秘匿性が高く、どこの誰がレンタルして利用しているのかはいまだに不明だ。しかし、このサーバーにアクセスしてクラッキング用のプログラムを動かしたのが特定のスマホであることが明らかになった。令状請求して情報開示を求めた結果、このスマホのキャリアはＡＯ社で、スマホの持ち主は横浜市内在住の会社員の男と判明した。それが一時間ほど前だ。現在、その男を本署に任意同行で引っ張り、刑事課の取調室で本部捜査一課の者が事情聴取をしている。もし、この男が犯人とわかれば指揮本部はめでたく解散できる。その場合には全捜査員は通常の勤務に戻ることになる」

佐竹管理官は明るい声で説明した。

「いまの説明通り、任意同行した男性が犯人である可能性も出てきています。そうだとすれば、この先の捜査は必要ありません。しばらく各自の席で待っていてください。一時休憩とします」

　織田の声は落ち着いていた。

「早期解決はいいねぇ」

「これで解散なら、即日解決だ」

「いやぁ、これで帰れるなら、今日の昼メシは中華街にでも寄ってくかな」

　まわりの捜査員たちは気楽な声を出している。

「ねぇ、先輩、捜一の珍事ですが……」

　石田が声を掛けてきた。

「ちょっと待ってて……あとで聞くね」

　夏希は石田の話を聞く気になれなかった。

　嫌な予感を夏希は消し去ることができなかったのだ。

　夏希は警察庁のサイバー特捜隊に所属していた。ＩＴの専門知識はないものの、いくつものサイバー犯罪の捜査を経験している。いままで夏希が関わったスマホを使った犯罪では、すべてが飛ばし携帯であった。

　飛ばし携帯とは他人や架空の名義で契約された違法な携帯電話のことを指す。自分名義の携帯電話を他人へ譲渡するのは、携帯電話不正利用防止法に反する違法行為として取り締まられているが、現在でもひそかに入手できる闇市場が存在している。警察は厳しく取り締まっているが、イタチごっこの側面があることは否定できない。

ＡＯ社のキャリアスマホで犯行を実行し、すぐに所有者が判明する……。《ヨコハマスカイキャビン》の運行システムに侵入してコントロール権を握るような桃太郎がそんな素人臭いミスを犯すものだろうか。

ひとりの私服捜査員の中年男性が入室すると、佐竹管理官になにかを訴えた。

佐竹管理官は急に難しい顔になって、織田の側に寄ってコソコソと相談をし始めた。

渋い顔で織田はうなずいている。

「真田さん……ちょっと」

顔を上げた織田が手招きした。

夏希は席を立って幹部席の前まで進んだ。

「いま、参考人に事情聴取を行っている捜査員が、真田さんの考えを聞きたいそうです」

おだやかな声で織田は言った。

「は……わたしですか」

夏希は取り調べの場に自分が呼ばれることが理解できなかった。

「真田、行ってくれ。君は昨夜、桃太郎と対話をしている。君にしかわからないことがあるに違いない」

佐竹管理官は夏希の目を見つめながら、真剣な顔で言った。

「わかりました」

夏希が答えると、佐竹管理官と織田が同時にうなずいた。

「では、こちらにどうぞ」

呼びに来た中年男性の捜査員が先に立ち、夏希は講堂を後にした。

夏希が連れていかれたのは、刑事課の置かれたフロアでいくつか取調室が並んでいる場所だった。

男性捜査員がドアを開けると、机の向こうにベージュのスーツを着た男が座っていた。

「おう、真田、手間取らせて悪いな」

聞き覚えのある声が響いた。江《え》の島《しま》署刑事課の加藤清文《かとうきよふみ》巡査部長だ。

「加藤さん！」

嬉《うれ》しくなって夏希は声を張り上げた。

加藤はにこにこと笑っている。

「どうしてここにいるんですか」

夏希は首を傾げた。

どう考えても、江の島署刑事課員が出張る事件には思えない。

「今週から捜一にいるんだよ。つまり今日から横浜勤務だ」

なんのことはないという調子で、加藤は大きなことを告げた。

「なんですって！」

叫び声が夏希から出た。

なんと、加藤が夏希と同じ本部所属になったというのだ。

「応援なんだ。捜査一課から長期研修に出るやつがいてな。そいつの穴埋めに俺が引っ張られた。期間限定だよ。江の島署に籍は置いたまま、強行七係で石田や小堀のお仲間ってわけだ」

照れたように加藤は笑った。

さっき石田が言っていた珍事というのは、加藤の異動の話に違いない。

「変わらず、よろしくお願いします」

夏希は元気よくあいさつした。

これからは一緒に仕事をできる機会もぐんと増えることだろう。

「本部にあいさつに行ったら、いきなり保土ケ谷《ほどがや》に行って中里《なかざと》って重要参考人を引っ張ってこの指揮本部に連れてこいって話でな。引っ張ってきたのは、中里次利《つぐとし》、二七歳の大手運送会社の宅配便運転手で正規社員だ。家族はなく、独り暮らし。いままで調べてたんだけど、ちょっと俺にはわかりにくい話が出てきたんで真田に助けてもらおうと思ってな」

加藤は眉根《まゆね》を寄せた。

夏希に助けを求める加藤は珍しい。加藤に助けられたことは限りがないが……。

「その中里さんを任意同行で連行した経緯を教えてください」

いちおうは佐竹管理官が説明してくれたが、あらためて加藤の口から詳しく聞きたたかった。

「パクった容疑は、今回の騒動に使われたクラッキングプログラムを作動させたことだ。時刻はスカイキャビンの暴走と同時刻だ。この命令は中里の持っていたＡＯ社のスマホからフィリピンのあるサーバーに置かれているプログラムに対する命令として実行されたそうだ」

あいまいな顔つきで加藤は言った。

「でも、中里さんは犯行を認めてはいないのですね」

夏希は加藤の目を見つめて訊《き》いた。

「そうなんだ、スマホのメッセンジャーアプリに送られてきたメッセージに、三〇万円が当たるとあったので、そのリンクをクリックしただけだって言うんだ。もちろん、そのクリックで《ヨコハマスカイキャビン》が異常動作をすることなんて想像もしていなかったと訴えている」

顔をしかめて加藤は言った。

「どうして重要参考人として連行することになったのですか」

間髪を容《い》れずに夏希は訊いた。

「サイバーセキュリティ対策本部から捜査一課に中里の犯行の可能性があると連絡があった。うちの係が担当することになって久米《くめ》強行七係長が俺に行ってこいって命令したんだよ。だから、詳しいことは知らなかった。たしかに中里のクリックによってスカイキャビンの異常動作は起きた。だけど、あいつを調べてるうちにこいつは犯人じゃないなって気がしてよ」

加藤は口もとを歪《ゆが》めた。

「たぶん、加藤さんの印象通りだと思います」

夏希は加藤をまっすぐに見て言った。

「そうか、やっぱりヤツじゃないか」

加藤の顔がゆるんだ。

「ですが、この判断って大きな結果になりますよね」

慎重に夏希は考えたかった。

「そりゃそうだ、中里がクロなら指揮本部は解散、シロなら捜査態勢を組まなきゃならない」

加藤はうなずいた。

「わたし、中里さんに会ってみたいです」

夏希はきっぱりと言った。

「いま、隣の部屋に入れてあって捜査員が付いている。会いに行こう」

加藤の言葉に従って、夏希は立ち上がった。

隣の取調室に入っていくと、中央に置かれた机を前にして、ネイビーのブルゾン姿の若い男がうなだれていた。

部屋の隅には私服の捜査員が黙ってパイプ椅子に座っていた。

音を立てて入室した夏希と加藤を見て、中里は顔を上げた。

三〇年輩の素直そうな四角い顔の目の細い男だった。

夏希と加藤が並んで正面に座った。

きちょうめんな感じで中里は夏希に頭を下げた。

「刑事部の真田と言います。中里次利さんですね」

静かな声で夏希は尋ねた。

中里は無言でうなずいた。

「僕は悪いことなどしていません。家に帰してください」

かすれた声で中里は懸命に訴えた。

「質問にしっかり答えてください。そうすればすぐに家に帰れるかもしれません」

やわらかい声で夏希は言った。

「ほんとうなんですね」

中里は息を弾ませて言った。

「はい……わたしたちは真実が知りたいのです。どうか質問に答えてください」

夏希は中里の警戒を解こうと、やさしい声で言った。

「わかりました」

真剣な顔で中里は答えた。

「あなたは、問題になっているプログラムにどうしてアクセスすることになったのですか」

ゆっくりと夏希は問いかけた。

「昨日の五時半頃でしょうか。自分のクルマを営業所の駐車場に駐《と》めて、運転席で夕飯を食ってました。コンビニのおにぎりとかですけど。それでしばらくしたら電話に着信があったんです。知らない番号でしたが、客先かと思って取りました。ちなみに受けたスマホは会社から宅配ドライバー用に貸与されているもので、勤務終了と同時に営業所に戻すヤツです。つまり僕個人のスマホではありません。それで電話を取ると、なんか音楽が流れてて、女の人の声で応募した番号が三〇万円当たる可能性があるって言うんですよ。だから音楽が消えないうちに01って入力しろって言ってきました。それで01を打っただけなんです」

中里はいささか早口で説明した。

昨日夏希が受けた詐欺電話と思われる電話に、非常によく似ている。

「なにか懸賞のようなものに応募したんですか」

半分答えがわかっていながら、夏希は訊いた。

「記憶はないんですよ。コンビニでやってたなにかに応募したことはあるかもしれないけど」

あいまいな顔つきで中里は答えた。

「応募の際に、ご自分の電話番号も書きましたか」

　相手が懸賞の結果を伝えるのだったら、電話番号などは必要なはずだ。

「そんなことはないような気がするんです……だからちゃんと考えたら変だって思いますけど……でも、そこまで考えないで01って打っちゃいました」

　中里は困ったような顔になった。

　まぁ、射幸心からついここまで進んでもあまり非難はできまい。

　詐欺電話は、01を入力してから生身の人間であるオペレーターが出るのがふつうだ。そこからオペレーターの指示に従うと、詐欺の被害に遭うことになる。

「その後、どうなりましたか」

　重ねて夏希は問うた。

「なにも起きませんでした。すぐに電話は一方的に切れました」

　首を横に振りながら中里は言った。

「相手の電話番号には心当たりがありますか？」

　夏希の問いに中里は首をひねった。

「さぁ……表示されたのはわけのわからない番号だった気がします」

「それはうちのほうで記録してある」

　加藤が手帳をひろげて言葉を継いだ。

「端末を押収した際に記録した番号はこれだ。発信元は辿《たど》れていない」

手帳には［＋80］で始まる番号が記載されていた。

「やっぱり……詐欺電話……」

偽装番号だ。夏希は曇った声を出した。

「この番号には警察からも掛けてみたが、すでに番号が存在しなくなっている」

難しい顔で加藤は言った。

つまり、犯行後すぐに番号自体を消したということだ。

「加藤さん、ちょっと」

夏希は取調室の外に加藤を連れ出した。

廊下へ出るなり、加藤が眉間《みけん》にしわを寄せて訊《き》いてきた。

「あいつはシロか？　真田はどう思う？」

「加藤さんが考えている通りですよ。中里さんは巻き込まれたとしか思えません」

さすがに加藤の考えは間違っていないと夏希には思えていた。

「そうだよな。ただ、この事件、俺は途中から関わった、というか身柄だけ取りに行けと言われたんだ。最初から関わっていないんでシロと決めるのにも自信がなかった」

加藤は眉根《まゆね》を寄せた。

「犯人はよくある詐欺電話のスタイルを真似して、01を入力した者に罪をかぶせようとしたのでしょう。たとえ一時的でもその人間……今回は中里さんを犯人に仕立てようとしたと考えられます」

夏希の言葉に加藤はうなずいた。

「そうだな、大学は商学部出身だし、文房具メーカーの営業だった経歴や、趣味などもＩＴとは無関係だ。裏を取るヒマはなかったが、中里さん本人の供述を聞いていると、クラッキングなどができるような人間には思えなくてな」

加藤は自分の首の後ろあたりを叩《たた》きながら答えた。

「中里さんを早く自由にしてあげなきゃ」

少し明るい声で夏希は言った。

「とりあえず上に言いにいこう」

加藤は先に立って歩き始めた。

講堂内は一時休憩とあって、ちいさな声で私語をかわしている捜査員も少なくなかった。

「ああ、加藤さん、どうですか」

入室すると、織田が声を掛けてきた。

刑事部長が巡査部長に直接声を掛けるということは珍しいが、織田はいつもの通り平気だ。

ゆったりとした足取りで加藤は織田の前に進んだ。夏希もあとに続いた。

「残念ですが、捜査は継続です。中里次利さんはシロです」

加藤は眉根を寄せた。

表情を変えずに、織田は夏希に向き直った。

「真田さんも同意見ですか」

織田は夏希の目を見つめた。

「はい、中里さんは巻き込まれただけだと思います。直ちにお帰り頂いたほうがいいです」

夏希はきっぱりと言った。

「加藤さん、中里さんの身柄解放をお願いします」

うなずいた織田は加藤に素早く指示した。

「はい、わかりました」

加藤は身体を折って一礼すると、講堂を後にした。

「真田さんは、席に戻ってください」

夏希は一礼して自席へ戻った。

佐竹管理官が幹部席に歩み寄った。

織田と丸山署長、佐竹管理官はしばらく話し合っていた。

「会議を再開する」

自席に戻って佐竹管理官が声を張った。

「先ほどお伝えした件です。捜査一課の捜査員が取り調べしていた人物は、被疑者ではありませんでした」

朗々と織田の声は講堂に響いた。

講堂内に捜査員がちいさく漏らす息の音があちこちで響いた。

事件が続いてほしいと願う捜査員はいない。

「我々には引き続き捜査が必要となります。その前に、昨夜、県警相談フォームに投稿された犯人桃太郎からのメッセージを提示します」

前方のスクリーンに桃太郎からの最初のメッセージが映し出された。

夏希はうんざりするほど見た文言だが、ほとんどの捜査員は初めて見るはずだ。


――神奈川県警の諸君。今夜の《ヨコハマスカイキャビン》の特別演出はお楽しみ頂けただろうか。端《はた》で見ていても君たちのあわてぶりは楽しかったよ。さて、我々はさまざまな分野で卓越した力を持っている。今回は予告編だ。数日内に本篇を演ずる予定だ。君たちの感想を伺いたい。君たちの感想如何《いかん》によって次の演出を決めてゆくつもりだ。我々が今夜の演出を行った証拠を次に示す。

桃太郎

捜査員たちにざわめきがひろがった。

自分たちのあわてぶりを楽しんでいる犯人に対して憎しみを感じない捜査員はいないだろう。

「このメッセージについては、科学捜査研究所の真田分析官に対応してもらいましたが、昨夜はほとんど進展を見ませんでした。いま一番重要なことは、犯人が予告している『数日内に本篇を演ずる』という言葉を実現させないために、我々は最大限の力を使わなければならないということです。そのためにとれる対策は現時点ではきわめて少ないです。なによりもクラッカーの所在をネット上から突き止めることですが、指揮本部での対応は難しいです。この点についてはサイバーセキュリティ対策本部の技術支援係に依頼しています。我々の対応については佐竹管理官から」

織田は苦い顔で佐竹管理官に話を振った。

「現時点では刑事課でできる仕事には限界がある。桃太郎は昨日のスカイキャビンで出動した県警職員を見ていたと発言している。このことから、昨夜の異常動作が起きた時点で、犯人はキャビンの桜木町駅か運河パーク駅周辺にいたものと考えられる。そこで、スカイキャビンの職員などを中心にあたって怪しい人物の目撃証言を探してもらう。同時に周辺部の防犯カメラの映像も収集する。班が二つだ。それから、犯人に使われたかたちの中里次利さんだが、あるいは犯人から恨まれている可能性もないとは言えない。そこで中里さんの周辺部に不審な人物はいないか、ひとつの班を設ける。なお、これは現時点での捜査方針であり、班分けだ。これからなにかしらの事実がわかったら変更する可能性は高い」

渋い顔で佐竹管理官は言った。

現時点では、ほかに捜査ポイントは見出《みいだ》せないかもしれないが、クラッカー相手の捜査としてはかなり心許《こころもと》ないとしか言いようがない。

「なお、メッセージを通じた桃太郎との対話は引き続き真田さんに頼むことにします」

織田はさらりとつけ加えた。

桃太郎との対話は夏希が中心とならざるを得ないだろう。

「班編制するので、後方に集まるように」

管理官の言葉に捜査員たちはいっせいに立ち上がった。

班分けが済んだ捜査員たちは三々五々講堂を出ていった。

「先輩、僕が話す前に本人登場でしたね」

出かける石田が気楽に声を掛けてきた。

「正直、びっくりしたよ。でも応援なんですってね」

夏希は冗談抜きで返した。

「いや、腰を落ち着けられてもねぇ。どうなることやら」

石田は奇妙におどけた声で片目をつぶった。

「真田さん、また、大変なお役目ですね。わたしたちは運河パーク駅へ行きます」

沙羅がほほえみながら手を振った。

「いってらっしゃい」

夏希は手を振り返して二人を見送った。

【2】

講堂には、捜査幹部と佐竹管理官のほかに数名の警察官が残された。

中里を自宅などへ送っていったのか、加藤はあのまま帰ってこない。

副本部長の横浜水上署長は織田に断って一時的に講堂を離れた。小さくても特殊な所轄なので、忙しいことが多いのかもしれない。

「真田さん、いよいよメッセージへの返信が必要となりましたね」

幹部席から織田が声を掛けてきた。

「はい、桃太郎は自分が犯人だと確認できたら連絡しろと言っていますからね」

いくらか緊張しつつ夏希は答えた。

「隣の席に移ります」

織田は夏希と同じテーブルに着いた。

「では、お願いします」

起《た》ち上がっている目の前のノートPCを織田は操作した。

連動して夏希の席のPCにも昨日と同じ返信用のフォームが見えている。

――桃太郎さん、おはようございます。県警のかもめ★百合です。昨日、《ヨコハマスカイキャビン》の運行システムに対してクラッキングを行い、ゴンドラを異常作動させたプログラムはあなたが提示したものと同一であることを確認いたしました。わたしたちは、あなたたちが昨日の犯人であると確認した上で、お返事しています。わたしが桃太郎さんのためにできることがあれば教えてください。

かもめ★百合

「どうでしょうか？」

キーを打ち終わった夏希は織田を見て訊《き》いた。

「いいと思います。とりあえず桃太郎を会話の場に引っ張り出しましょう」

織田はあっさりとうなずいた。

しばし返答はなく、講堂には静寂が漂った。

三〇分ほど経過して、夏希のＰＣに着信を示すアラートの音が響き渡った。

「来ましたね」

元気な声で織田が言った。

「今日はなにを言ってくるでしょうか……」

緊張した声を出して、夏希は画面を見た。

夏希はあっと声を上げそうになった。

――金太郎《きんたろう》でーす。かもめ★百合さん、おはようございます。あなたはホンモノですか？

金太郎

いままでのメッセージとはまったく異なる文体だ。発信者名も桃太郎ではなく、金太郎となっている。

「桃太郎ではなく金太郎を名乗っています」

夏希は織田の顔を見てぼんやりとした声を出した。

「金太郎は伝説や昔話の登場人物ですが、頼光《らいこう》四天王の一人である坂田金時《さかたのきんとき》の幼名とされていますね。県西の南足柄《みなみあしがら》市には金太郎の生家跡とされる場所もあるようですが……」

織田も首を傾げた。

「桃太郎について考察したことが役に立ちませんね」

夏希は浮かない声を出した。

「たしかに同一人物とは思えない文体ですね」

織田は眉間《みけん》にしわを寄せて答えた。

「とりあえず別の人格と仮定したいと考えます」

わざわざ別人格を作ってくる意味は、現在のところは見出せない。

「はい、それでいいと思います」

織田の声も冴《さ》えなかった。

「なにを答えればいいでしょうか」

夏希はとまどいの声を上げた。

「なんでもいいです。とりあえず返信してください」

織田は低い声で命じた。

「はい、わかりました」

返信の文体をどうすべきか……悩みながら、夏希は答えた。

「対話を記録します」

やや後方の席の捜査員が緊張した声を出した。


——おはようございます、はい、わたしは本物のかもめ★百合です。昨日もお話しした神奈川県警の心理分析官です。お返事ありがとう。お待ちしていました。

かもめ★百合

文体などを手探りしつつ、夏希は最初の返信を送った。

すぐに着信のアラート音が鳴った。


——すげえや。かもめ★百合さんって有名人ですよね。何回か報道されたこともあるし……。ホンモノから返事があったってことは、僕が《ヨコハマスカイキャビン》事件の犯人で間違いないと認めてくれたってことですね？

金太郎

妙にはしゃいだニュアンスの文体は、昨日対話していた桃太郎とは別人物と思われる。が、過去にも別人格を装った一人の犯人と対話する機会を持った夏希としては慎重な判断を下したいところだった。

——はい、先ほども書きましたが、あなたが《ヨコハマスカイキャビン》の運行システムにクラッキングしたことは、県警のサイバー捜査官が解析しました。また、昨日提示してくださったプログラムが実際にクラッキングに使用されたものの一部であることも確認が取れました。あなたが《ヨコハマスカイキャビン》を異常作動させた方と考えてお話を伺いたいと思います。わたしがあなたに協力できることがあればお役に立ちたいと思っています。

かもめ★百合

——へぇ？　どんな協力をしてくれるんです？　金太郎とデートしてくれるとか？　どうなんですか？　僕とデートしてくれますか？

金太郎　思いもしない言葉だった。いくらデートしろと言ったところで、夏希が承諾するはずはない。そんなことは金太郎だって、いや誰だってわかることだろう。

金太郎がどのような意図から、この話題を振ってきたのか夏希にはわからなかった。

自分が男性であるということを主張したいがための発言であろうか。

単にふざけているだけなのかもしれない。

もちろん金太郎が男性か女性かは、いまの時点ではわからないが……。

夏希の脳にはいろいろな考えが浮かんで、回答が定まらなかった。

金太郎　――あれぇ、お返事がないなぁ。デートしてくれないんですか？

と言われても夏希にはどんな返事をしていいのかわからない。

「なんでもいいですから、答えを返してください」

織田が早口で言った。

――わたしはいまは誰ともデートしたい気分ではないです。

かもめ★百合

素っ気ないとは思ったが、あいまいな回答でとにかく金太郎の反応を見ようと夏希は考えた。

――デートしてくれないなら、会話を終えて次の舞台へと進みますよ。僕は次のステージではさらなる成功を得ることができるはずです。そう、それだけの力が僕にあるのです。

金太郎

金太郎は意味のない脅迫を行っている。

単に夏希をからかっているだけなのは明白だ。

ここで「ふざけないでください」と返すのは簡単だが、そうすれば会話は終了し、せっかくつながった金太郎とのチャンネルが閉じてしまうかもしれない。

からかうことで夏希の感情を揺さぶろうとしているのか。

また、金太郎は一種の躁《そう》状態と考えられるテンションで対話を続けている。ここでも、自分の力を誇示する発言をしている。

――デートは別として、ほかにあなたに協力できませんか？　わたしになにかできることはありませんか。

かもめ★百合

夏希は基本通りに金太郎に歩み寄る姿勢を見せて、態勢を立て直そうとした。だが、しばらくの間、返信はなかった。

「次の言葉をぶつけてみてください」

織田が夏希の顔を見て指示した。

「次の犯行を思いとどまるような言葉を伝えたいのですが、金太郎はかえって態度を硬化させるかもしれません」

いま夏希が考えている金太郎の精神状態からは不安を感じざるを得ない。

「金太郎という人間に迫り、少しでも犯行を回避させたいです」

織田は真剣な顔つきで言った。

「金太郎は、現時点では自分が完全に優位にあるように思い込んでいます。と言うよりひたすらな万能感を抱いていると言ったほうがいいかもしれません。彼の精神状態は危険ともわたしは感じています。ですが、その危険な精神状態をわたしとの対話によって是正することは困難だと思います。だから、ここでの会話で金太郎が次の犯行を思いとどまるということは、残念ながら想定できません」

夏希はちょっと厳しい口調で説明した。

「効果が期待できないとしても、金太郎の態度が硬化するとは思えないです。犯行を思いとどまるように呼びかけてください」

やわらかい口調で織田は指示した。

——あなたが次の舞台に進むことは賛成できません。いまなら、まだ大したことは起きていないのです。引き返すことを強くおすすめします。そんなお手伝いができたらいいと思っています。

かもめ★百合

すると、比較的すぐに返信があった。

——僕は最高の自分を輝かせたいのです。いままでの人生は本気で前に進めなかった。いまがそのときだ。僕の未来は希望にあふれているんです。だから、次のステージに進みます。

金太郎

夏希は金太郎の言葉に、あらためて怖気《おぞけ》を感じた。

いままでとはトーンの違う奇妙にポエティックな言葉はなにを意味しているのか。

――進んでは駄目です。あなたはきっとずっと苦しい思いをすることになります。あなたにはどうしてもその場にとどまってほしいのです。　　かもめ★百合

金太郎の本心はわからないが、夏希は真剣に諌《いさ》めた。

――なぜ思いとどまる必要があるんでしょうか。僕は前に進みたいです。僕はヒーローになれるのです。　　金太郎

――駄目です。進んではなりません。わたしはあなたのことを真剣に考えています。どうしても思いとどまってください。　　かもめ★百合

――もし、かもめ★百合さんがどうしてもって言うんなら、思いとどまってもいいですけどね。警察官としての仕事上の言葉じゃないですよね。個人としての思いなら……。

信じられない言葉だったが、ともかくも金太郎の言葉の流れに乗ってみることにした。
金太郎

——わたしの個人としての思いです。どうしても思いとどまってほしいです。もし、あなたのお役に立てるなら嬉《うれ》しいです。わたしはなにをすればいいですか？
かもめ★百合

——そうですね、では、かもめ★百合さんのことを教えてください。
金太郎

——は？　わたしのことですか？

金太郎の言葉があまりに想定外で、夏希は反射的に返事を送信してしまった。

——そうです。僕はあなたのことをなにも知りません。少しでもあなたのことを知りたいです。

金太郎の署名が消えた。

――そんなことを知っても意味はないと思います。わたしは一人の警察官にすぎません。

――でも、知らない人の個人の思いなどを信用できるはずがないでしょう。だから、僕はあなたという個人を知るべきなんです。そうでなければあなたの言葉など聞く耳を持ちません。

妙に理詰めに、しかも威圧的に金太郎は言葉を突きつけた。

――それとこれとは話が違うと思いますけど。

――役に立ちたいって言ってたのに、あれはウソだったのですか。だったら、僕はもう話をする気はありません。

金太郎はすかさず脅しを掛けてきた。

——いえ、本音です。わたしは個人としてあなたに思いとどまってほしいと願っています。

——では、あなたに質問させてください。

素早く金太郎は要求を繰り返した。
あきらめて夏希は金太郎に従うことにした。

——ご質問をどうぞ。

——あなたは独身ですか？

——はい、そうです。

——彼氏はいますか。または、交際したいと思っている人はいるのですか。

いったい、どういうつもりでこんなことを訊《き》くのだろう。これは明らかなセクハラ発言だ。

とは言え、夏希と金太郎は今後も会うこともないはずだ。

――もう何年も彼はいません。交際したいと思っている人などいません。

隠すことでもないので腹立ちを抑えて、夏希は正直に答えた。

――うわーっ、そうなんですか。ひゃっほー。

夏希はまたもとまどった。
本来ならば、このような感情の表現は出てこないはずである。
対話の最初から、金太郎は上から目線と理由のはっきりしない昂揚《こうよう》感を持っている。
この人物は、自分の感情を隠して演技しているのか、極端に表現しているのかもよくわからない。

――どうしてそんなに喜ぶんですか。

――だって、そしたら僕にはつきあうチャンスがあるってことじゃないですか。優秀な僕にはかもめ★百合さんのような方が似合ってますよね。

あきれて夏希は次の問いを発した。

——ほかにご質問はありませんか？

——僕との話に飽きたんですね？　僕は次のステージに進むことにします。

——待ってください。進まないでください。お願いします。

この呼びかけを何度も繰り返して、夏希はむなしくなってきた。

——いいことを思いついた。デートしましょう。

——ええっ。どういう意味ですか。

——これからどこかで待ち合わせるのです。そうだ、いいぞ。それなら、かもめ★百合さんだって満足でしょう？

いきなりの無茶ぶりだった。と言うか、意味のない要求だ。こうして警察をからかっている金太郎が待ち合わせの場所に来るはずはない。夏希は金太郎との会話の無意味さに、またも答えを考えあぐねた。

「どう答えますか？」

仕方なく、夏希は織田の指示を仰ぐことにした。

「承諾してください」

断定的に織田は命じた。

「金太郎は、来るはずがありません」

夏希は口を尖《とが》らせた。

「ですが、なんらかの動きを見せるでしょう」

織田の声は冷静だった。

「わかりました……」

自信のない声で夏希は答えた。

——何時にどこへゆけばいいのですか。

あまり意味のない質問を夏希は放った。

——午前一一時に新港地区の《ランド・マリン・タワー》七〇階のスカイラウンジ展望フロアで待っています。あなたは髪をハーフアップにして白いリボンで結んでください。白リボンを結んだきれいな人が現れたら、声を掛けます。一人で来てくださいね。僕も一人で行きます。

金太郎

なんとなくフェティッシュな金太郎の要望が夏希には気味が悪かった。しかし、この趣味は男性である可能性が高かった。金太郎は男性なのか。もちろんそんな趣味に従うつもりはなかった。

——了解しました。

かもめ★百合

——では、デートの準備もあるので、後ほど。

金太郎

それきり通信は途絶えた。

「金太郎が《ランド・マリン・タワー》で、なにかを仕出かすつもりかもしれません。

あるいはその準備はすでに終わっているかもしれない。念のために捜査員を出しましょう。佐竹さん、手配をお願いします」

織田がテキパキと命じた。

「了解です。七〇階スカイラウンジ展望フロアに数名の捜査員を派遣します。ここは展望エレベーターでしか往復できない階です。二階と七〇階のエレベーターホールにも人数を配置します。ちょっと詳しい連絡をしてきます」

佐竹は、予備班の捜査員が座るテーブルへと席を離れた。

「かなり奇妙な対話でしたね」

夏希に向き直った織田は、苦笑いを浮かべた。

「はい、想定外でした。いずれにしても、金太郎の情報をなにも得られずに申し訳ありませんでした」

夏希は軽く頭を下げた。

「いや、真田さんのせいではありませんよ。金太郎はとにかく自分を覆い隠そうとしていたように思います。それにしても県警になにかを要求するわけでもなく、真田さんをからかうような質問ばかり……なんのために県警に返答を求めたのかもわかりません」

織田は口を尖らせた。

「実は、そのことについて考えていたのです。断定はできませんが、金太郎は心理学で言うところのマニック・ディフェンスの状態に陥っているようにも感じます」

最初から続く金太郎の奇妙な昂揚感を、この概念こそが説明できる。夏希はそう思っていた。

「マニック・ディフェンスとはどのような状態ですか」

目を瞬《しばた》いて織田は訊《き》いた。

「日本語では『躁《そう》的防衛』と訳されますが、精神疾患の躁鬱《そううつ》病つまり双極性障害とは別の概念です。非常に古典的な概念で、精神分析家のメラニー・クラインによって指摘された原始的精神防衛機制のひとつです。不安に陥りやすく、自己肯定感が低い人に見受けられることが多いです」

静かに夏希は説明した。

「詳しく教えてください」

織田は夏希の目をじっと見た。

「マニック・ディフェンスに陥る人は、精神的苦痛に苦しめられています。この苦痛から逃れるために現実を否定し、なんでも自分の都合がよいように解釈します。または、自分が他の者より能力が高いことを自信のある口ぶりで話し続けます。簡単に言うと、葛藤《かっとう》を強く抱えているのに、それを隠すために明るくふるまっている人の状態です。彼らは失敗を認めず、『上手《うま》くいかなかったのは自分が本気を出していないだけ』と主張します。結果として、昂揚《こうよう》感に満ちた話し方をします。金太郎は《ヨコハマスカイキャビン》事件の犯人なのにもかかわらず、事実から目を背けて陽気になっています。このあたりは典型的なマニック・ディフェンスの心理状態を思わせます」

夏希は熱を込めて説明した。

「なるほど」

織田はうなずいた。

「古い概念ですが、昨今、急速に注目を集めています。マニック・ディフェンサーが急速に増えているという指摘もあります。いままで以上にこの状態に陥りやすい時代になったとも言えるのです」

「なぜですか」

「SNSが発展したためです。SNSはマニック・ディフェンスに陥る原因ともなりやすいのです。なぜなら、SNSは他人の活動や活躍が可視化されるので、自分と他者を比較しやすいのです。他人と比べて自分が劣っていると感じると、そんな不安がどんどん大きくなります。すると、慢性的な自信のなさを解消するためにマニック・ディフェンスに陥る人が増えるのです。ですが、一方で、SNSにはマニック・ディフェンサーにとって都合がよい面もあるのです」

夏希は織田の顔を見て微笑んだ。

「どういうことですか」

身を乗り出して織田は訊いた。

「マニック・ディフェンサーの行動の特徴は二つあります。ひとつは『自分がほかの者よりもすぐれているとアピールする』ことです。SNSでは、豪華なディナー、旅行やイベントなどを楽しんでいるところや、無理して買ったブランドもののアイテムなどを世間に対して簡単にアピールできます。もうひとつの行動原理は『弱みを見せない』ことです。本当は疲れ切っていてもマニック・ディフェンサーは元気いっぱいであることを装います。これもまた、SNSでは簡単にできますよね。しかもまわりの人の数よりネット上の相手の範囲はひろくなります」

夏希は淡々と説明した。

「SNSがなかった時代には、身の回りの知り合いにしか自慢できないですからね」

織田は納得したようにうなずいた。

「そうです。過剰な自己アピールや弱みは、身近な知り合いにはバレやすいです。ですが、SNSはそうではない。真実を隠しやすいのです」

「たしかに、その通りですね」

「ところで、自分のこころを傷つきから守るためのマニック・ディフェンスですが、この状態に陥った人は自分の行為が他者を傷つけることに気づきにくいと言われています。躁状態ですから、周りが見えないことは大いに考えられます」

夏希は眉根《まゆね》を寄せた。

「それは憂慮すべき指摘ですね。金太郎もまた、他人の傷つきには鈍感だという可能性があるのですね」

織田は眉間《みけん》にしわを寄せた。

「はい、金太郎にもそういう懸念があるとは思います」

現時点ではそれ以上のことを言えるだけの材料はなかった。

予備班の席から佐竹管理官が戻ってきた。

「ところで、真田は《ランド・マリン・タワー》の現場に行くか」

佐竹管理官はせわしなく訊いた。

「わたしとしては顔を出したい気持ちはあります。もし、金太郎が《ランド・マリン・タワー》で、なにかの犯行を行うとしたら、さっきの会話の結論とも言えます」

はっきりとした発声で夏希は言った。

「だが、金太郎は七〇階に現れるはずはありません。スカイラウンジは行き止まりの場所です。逃げる場所はありません」

織田の言葉には全面的に肯定はできない。

現在の状況で《ランド・マリン・タワー》に警察側からなんらかの使用制限を掛けることはできるはずもない。

展望フロアと低層階の商業施設部分は別として、この超高層複合ビルの七〇階のフロアは、オフィス部分がほとんどを占める。外部からの人の出入りはある程度は制限されることになる。

しかし、どんな用途であれ、現時点で使用の制限や人数の出入りをコントロールすることはできない。

金太郎は《ランド・マリン・タワー》でなにかの犯罪を起こすと予告したわけではない。

夏希とデートしようという愚にもつかぬ発言を見せただけだ。

これでは警察は手出しできない。せいぜいなにかが起きないか見張ることだけが許された手段である。

「金太郎もしくはその仲間が《ランド・マリン・タワー》のどこかで、現場を観察しようとする可能性はあると思います。とすれば、その行為を黙って見過ごしたくはありません」

夏希は言葉に力を込めた。

「わかりました。現場からの連絡を密にしてください」

織田は静かに言った。

「了解しました。行ってきます」

身体を折って夏希は織田たちにあいさつした。

「下の駐車場に停まっているパトカーに乗って行け」

佐竹管理官が声を掛けてくれた。

「はい、ありがとうございます」

夏希は手荷物を持つと、織田や佐竹管理官に一礼して講堂を出た。

【3】

パトカーに同乗した三人の捜査員と《ランド・マリン・タワー》の展望フロア行きエレベーターホールまで一緒に進んだ。

運営側には夏希たちが捜査のためにエレベーターに乗ることは伝えてある。

本来は一〇〇〇円でチケットを買って乗り込まなければならないが、捜査の必要性から今回は警察官は無料で搭乗することとなった。もっともこの料金はエレベーター代ではなく、展望台への入場料のようだ。

エレベーターホール二階搭乗口には四人の私服捜査官の一団が固まって立っていて、石田と沙羅の姿も見られた。二人は夏希の顔を見ると、次々とにこやかにあごを引いた。

横浜水上署からやって来た夏希たちの一団と合流すると八人になった。

展望台行きのエレベーターは二基設けられている。ホールに溜《た》まっていた一般客は、制服姿の女性スタッフに誘導されて左側の一台に乗って展望台に向かった。

「県警の方はこちらにお乗りください」

女性スタッフは夏希たちを右のカゴに乗るように指示した。

「行ってらっしゃいませ」

彼女は一般客に対するのと同じようにドアの向こうで身体を折って夏希たちを送り出

した。

銀色の扉が音もなく閉まった。

二四人乗りというスペースに八人しか乗っていないのだから、カゴの内部はガラガラだった。

内部はいくらか薄暗くなっており、天井には星空を模したLED照明が輝いていた。低くBGMが流れているなか、カゴはスピードを上げてゆく。

ケーブルを巻き取る音なのか、かすかな駆動音が響く。

世界有数の速度を誇るこのエレベーターは、二七〇メートル強ある七〇階の展望フロアまでを分速七五〇メートルで上下する。到達時間は約四〇秒である。途中階には停止しない。

ドアの右手には液晶の表示モニターが二つ光っている。上の窓には現在のスピードが750と橙色《だいだいいろ》の数字で示されている。その下の窓には二ケタの数字が徐々に大きくなっていって現在は四〇階台で推移している。通過している階数にほかならない。

そのうちにキューンという音とともに速度は急速に落ち、階数は六〇階台となってきた。

まもなく到着だ。

速度がますます落ちて「0」と表示され、階数は「70」となった。

カゴは停止している。

夏希はドアが開くのを待った。

だが、いつまで経っても、目の前のドアは開かない。

すでに二〇秒くらいは経っているのではないだろうか。

なにが起きたのかと夏希も身構えた。

すぐ横で沙羅もこわばった顔つきであたりの気配をうかがっている。

「おかしいぞ」

さすがに捜査員の一人が声を上げた。

次の瞬間、夏希の足もとが不安定に沈んだ。

「下り始めた……」

石田がけげんな声を上げた。

速度モニターの数字は上がりはじめ、階数はどんどん低くなっている。

エレベーターは最上階ではドアを閉じたまま、誰の乗降も許さずいきなり下り始めたのだ。

あきらかな異常動作だ。

カゴのなかに声にならないざわめきがひろがった。

「止まるかな……」

一人の若い捜査員が不安そうにつぶやいた。

このような高速エレベーターは速いスピードから無事に減速することが難しいらしい。

速度を上げるより速度を落とし制御することのほうが難しいと聞いたことがある。もし、速度が落ちずカゴが建物と衝突してしまったら……。

夏希は頭から妄想を払いのけた。

いや、そんなエレベーターの動作を、クラッキングで実現できるはずがない。

犯人がコントロールできるのは、あくまで通常の動作の範囲内のはずだ。

仮に扉が開かず外へ出られないにしても、大きな危険は襲ってこないに違いない。

「みんな毅然《きぜん》としていましょう。犯人はわたしたちのようすを遠隔監視してる可能性が高いです。だらしないところを見せては駄目です」

夏希は毅然とした声を出した。

まわりの捜査員たちは、しんと静まった。

これこそ金太郎が狙っていた「次のステージ」だ。

金太郎らはこのカゴのようすをどこかから監視しているに違いない。おそらくはシステムのカゴ内防犯用のカメラ映像を端《はた》から盗み見ているのだろう。あるいは録画しているかもしれない。

「いやぁ、俺、冬のボーナスを頭金にしてクルマを買おうかと思ってるんだよ」

石田は無理してそんな話題を振った。

「そうなんですか……どんなクルマですか」

ぼんやりと沙羅が訊いた。

「オープンエアモータリングに挑戦したくてね。2シーターのオープンスポーツさ」

「え、スゴいじゃないですか。なんていうクルマですか」

それほど興味がなさそうに、沙羅は口先だけで訊いた。

「いや、ダイハツのコペンだよ。知らない？」

「よくわかりません」

沙羅はとまどったような声を出した。

あまりクルマには興味のない夏希だが、オモチャのような可愛いオープンカーのことはなんとなく知っていた。

だが、石田がコペンを買いたいなどと思っていたとは初めて知った。

「軽しか買えないからさ。せめて冒険して2シーターにしようかってね」

「なんだ軽自動車ですか」

さらに気のない声で沙羅は答えた。

そうしている間にカゴは二階に無事に止まった。

速度は「0」を指している。

不自然な石田の話題の振り方だと思っていたが、気を取られて恐怖の瞬間を忘れた。

夏希はひそかに笑みを漏らした。

とは言え、ドアは開かなかった。カゴはふたたび七〇階に向かって上り始めた。

誰かが管理者との連絡用インターホンを作動させようとしたが、スイッチは入らなかった。

ビル内に飛んでいるはずの携帯キャリア各社の電波も取れないようだ。カゴのスピードが速いためか、建物内に飛んでいるＷｉ－Ｆｉの電波もキャッチできない。現在、八人の警察官は完全に外部と遮断された状態で、《ランド・マリン・タワー》の二七〇メートルを上下させられているのだ。

だが、石田の間抜けな会話がきっかけとなって、捜査員たちの間からは恐怖の感情は消え去っていた。

石田の功績大と言わざるを得ない。

四度の上下を繰り返して、二階にたどり着いたときである。

またもカゴは速度「０」となっている。

いきなりドアが左右にゆっくりと開いた。

「お、開いた」

捜査員の誰かが叫んだ。

ドアの向こう側には、さっき送り出してくれた女性スタッフと、揃いのヘルメットをかぶって作業用ジャンパーを着た数人の男性スタッフたちが立ち並んでいた。

「全員、ゆっくりとカゴから出てください」

四〇年輩の年かさの作業員が落ち着いた声で指示した。

言葉に応じて捜査員たちはゆっくりとカゴを出て、フロアに歩み出た。

「めまいや頭痛など、体調の悪くなった方はいませんか」

少し若めの作業員が訊いたが、反応した者はいなかった。

さすがは警察官である。

まぁ、いちばん体力がないであろう夏希も、体調には異常は感じていなかった。

全員がカゴから出ると、作業員たちはストッパーのようなものでカゴを止め、進入禁止のテープを張った。これから点検作業だろう。

「異常発生時、七〇階の展望フロアにいた人々はどうなりましたか」

夏希は気になって年かさの作業員に訊いた。

「幸い、早い時間だったこともあってお客さんの数が少なかったんです。下り便に三回分乗してもらい、全員避難完了しました。展望フロアは閉鎖中で、展望フロア行きのエレベーターは点検中と表示して停止しています」

作業員は気難しげに言うと、その場から去っていった。

「真田さん、ありがとうございます」

沙羅がぺこりと頭を下げた。

「えー、なんで？」

夏希はきょとんとした顔で訊いた。

「真田さんが『みんな毅然としていましょう。だらしないところを見せては駄目です』と言ってくださったおかげで、興奮していたのがすっかり落ち着きました」

沙羅は明るい声で言った。

そんなことを言ったのも、夏希は半分忘れていた。

「石田さんの力の抜けたコペンの話もよかったじゃん」

夏希はまじめに石田のことを賞賛した。

「まぁ、そうですかね。タイミングはまったく合ってませんでしたけどね」

あきれた声で沙羅は笑った。

石田は少し離れたところで誰かと話している。

夏希のポケットでスマホが振動した。

液晶には織田の名前が表示されている。

「真田さん、やられましたね」

耳もとで織田の悔しげな声が響いた。

「はい、エレベーターを乗っ取られて、わたしたち警察官八人は手玉に取られました。結局、金太郎はわたしとの対話によって、神奈川県警の捜査員をこの《ランド・マリン・タワー》の高速エレベーターに引きつけた上で、捜査員をクラッキングによっていいように振り回してくれました」

夏希はいくらか自嘲《じちょう》的に答えた。

「派遣した捜査員から佐竹さんに入った連絡によれば、現場にはとくに被害は出ていないようですね。ただ、今回は一時的にせよ一時休業に追い込まれた展望フロアをはじめとする《ランド・マリン・タワー》に対する業務妨害罪は成立しそうですね」

織田は冴《さ》えない声で言った。

「しかし、なんのために……」

ぽつりと夏希はつぶやいた。

「はい？」

織田が聞き咎《とが》めた。

「いえ、後でお話しします」

まわりには捜査員が多く取り巻いているし、《ランド・マリン・タワー》運営側の人間も少なくない。

詳しいことは指揮本部で話したかった。

「そうですね。真田さんにはとりあえずすぐに戻ってもらいたいです。エントランス付近に止まっている横浜水上署のパトカーで本部に帰ってきてください」

せわしない調子で織田は命じた。

夏希は石田や沙羅たちに別れを告げてエントランスに向かった。

＊

「戻りました」

講堂に入ってゆくと、相変わらずガランとしていた。

幹部席には織田が座っていて丸山署長は席を外していた。

織田は隣の佐竹管理官と話し込んでいた。

「真田も正面から巻き込まれたな」

佐竹管理官が、夏希を見て苦笑いした。

「いや、たいしたことはありませんでした。体調が悪くなった捜査員もいません」

夏希は明るい声で答えた。

「大きな被害が出なくてなによりだ」

佐竹管理官は顔をやわらげた。

「お帰りなさい。真田さんが無事でなによりです」

如才なく織田が微笑んだ。

「ありがとうございます。現場には石田さんなどの捜査員が残ってますね」

夏希は呼び戻されてひとり本部に戻ってきた。

「彼らには《ランド・マリン・タワー》展望フロア利用客の一人一人に聞き込みしてもらっています。金太郎があの場に残っているとは考えにくいですが、目撃などでなんらかの情報を得た人がいるかもしれません」

織田はあまり期待しない顔で言った。

「ところで、当の金太郎たちからなにか言ってきませんでしたか」

畳みかけるように夏希は訊《き》いた。

「いまのところ、金太郎からも桃太郎からもメッセージは入っていません。こちらからなにか言うのを待ってるんだとは思いますが」

織田は自席のPCを指さして言葉を継いだ。

「返答を待っているはずですね。神奈川県警の反応は見たいと思いますから」

織田の目を見て答えると、夏希は自席に座った。

「では、さっそく書いてみます」

夏希はキーボードに向かった。


——金太郎さん、わたしは《ランド・マリン・タワー》に出かけました。そして展望フロア行きの高速エレベーターに仲間の警察官とともに乗り込みました。そうです。あなたの次のステージを高速エレベーター内で堪能《たんのう》する羽目になりました。ですが、わたしとしては、あなたがケガ人などを出さずに、今回のステージを終えてくださったことに感謝します。これですべてを終えて頂くことを切に願います。

かもめ★百合

「いかがでしょうか？」

夏希はこの程度の返事が適当と考えていた。

「問題ないと思います。送信してください」

織田は快活な声で指示した。

夏希はマウスをクリックして、メッセージを送信した。

しばらく待ったが、返答はなかった。

あの感情的でやたらと饒舌《じょうぜつ》な金太郎は、ぴたりとなりをひそめた。

エレベーターのクラッキングの成功を自慢するのではないかとも考えていただけに拍子抜けする思いだった。

幹部席から立ち上がって織田が夏希の席に近づいてきた。

「現時点で、金太郎も桃太郎もマスメディア等にメッセージを送ってはいません。彼らは我々神奈川県警だけに意思を伝えています。そこで、本件についてもテレビ局や新聞社等に対しては事件と事故の両面で調査中というあいまいな発表で時間を稼ぎたいと思います。いまはわかっていることがあまりに少なすぎます」

悩み多き織田の顔つきだった。

「たしかに情報量が少ないです。金太郎は饒舌ですが、肝心なことは少しも話していません」

夏希は冴えない声で言った。

「県民に必要以上の不安を与えるべきではないですが、事実でないことをアナウンスするのは後に問題を残します。詳しいことがわかるまではあいまいな態度をとるしか手はないと思います」

眉間《みけん》にしわを寄せて織田は言った。

「わたしもそう思います。必要性が高くない情報を急いで出すことの危険性を感じます」

夏希はうなずいた。

「ところで、さっきの話ですが……」

織田は夏希の顔をじっと見た。

「あ、はい……わたしが不思議に思っていることなんですけど……」

「そうそう、その話を聞かせてください」

織田はその場で立ったまま言った。

「金太郎と桃太郎には昨日からのクラッキング行為で自分が身バレする危険を冒しながら、なにも得てはいないのです。織田さんが言うように業務妨害罪に問われる行為でしょう。でも、彼らはなにも得ていないように思えます」

夏希は感じていたことをそのまま織田にぶつけた。

「その通りですね。金銭その他をはじめ、いまのところ、彼らにはなんのメリットもありません」

織田はあごを引いた。

「わたしがいままで対話してきた犯人は、なんらかのメリットを得ようとしていました。その理由が、何者かに対する怨恨《えんこん》であることも、なにかしらの利得であることもありました。金太郎たちにも隠れたメリット……動機と言い換えてもいいかもしれません。必ずそれがあるはずです」

メリットを見つけることがこれからの対話の目的となると夏希は考えていた。

「動機ですか……」

織田がなにか言いかけようとしたときに、講堂の入口に何人かの人の気配が感じられた。

「失礼します。警備部です」

聞き覚えのある若い男の声が響いた。

チャコールグレーのスーツ姿で戸口に立っているのは警備部管理官の小早川秀明《こばやかわひであき》だった。

背後に黒いスーツを着てブリーフケースを手にした四人の男たちが従っている。

織田はすぐに幹部席に戻った。

「小早川さんっ」

夏希は思わず大きな声を出してしまった。

ちょっとはにかむように笑って小早川は夏希にかるく会釈した。

小柄で華奢《きゃしゃ》で秀才っぽい容貌《ようぼう》のキャリア警視で、年齢は夏希とほとんど同じだ。

見た目とは裏腹にドルヲタっぽい側面を持っている。

その後、さっと織田に向き直って小早川は深く身体を折った。

「本多《ほんだ》警備部長から命令を受けて参りました。こちらの指揮本部に参加して織田刑事部長のお力になるようにとのことです。先ほど発生した《ランド・マリン・タワー》のエレベーターのクラッキングについては、本多部長はテロの性質も拭《ぬぐ》えないとのお考えで、そうした疑いが晴れるまで、なんでも仰せつけください」

小早川は恭敬な態度で言った。

背後の男たちがいっせいに身体を折った。

「ああ、ご協力ありがとうございます。さっき本多部長からお電話がありました」

織田は如才なく答えた。

が、内心ではおもしろくないだろう。刑事部から依頼したわけでもないのに、本多警備部長は小早川管理官と四人の警備課員を送り込んできたのだ。彼らはなかば刑事部に対する監視のようなかたちでこの指揮本部に入り込んだとも言える。

「小早川さん、あんたの席は用意してないよ。真田の右か左の隣の席に座ってくれ。部下の人たちは真田の後ろの列に座るといい」

佐竹管理官が淡々と指示した。

「了解です、佐竹さん。よろしくお願いします」

小早川管理官はにこにこしながら頭を下げた。

四人の警備課員は次々に指示された席に座った。ブリーフケースから取り出したノートPCをテーブルの上で起《た》ち上げていく。

小早川管理官は、背負っていた黒いデイパックから8インチくらいの画面の小型のP

Cを取り出した。

「警備部から来たのが、あんたでよかったよ」

佐竹はのんきな声で言った。

夏希もそうだが、織田も佐竹も小早川と同じ捜査本部に顔を揃えたことは少なくなかった。

警備部のなかでは気心が知れているといってもいい。

だが、こうして捜査本部などで一緒になるのは久しぶりだ。

「小早川さん、お久しぶりです」

夏希は自分の右隣に座った小早川管理官に明るく声を掛けた。

「真田さん、いやほんとです。このところ、現場の捜査に出る機会が与えられなくて……」

小早川管理官は言葉を途切れさせた。

実際に各所轄の講堂に設置された捜査本部から外へ出ることは滅多にない小早川管理官だ。さらに海岸通りの本部からこうして所轄署に出てくることさえ珍しいのだろう。

「いろいろと力を貸してください」

夏希は小早川管理官の能力に期待した。

警察庁の五島が忙しくて頼れず、ＩＴ関係の諸問題を県警内の力で解決しなければならない現状だ。夏希の身近には、ＩＴに強い人物はまず小早川しかいない。この指揮本部でＩＴについて頼るとしたら小早川に期待するしかないのだ。

「もちろんです。僕と真田さんの仲じゃないですか」

小早川管理官は嬉《うれ》しそうに言った。

「はぁ……」

よく小早川管理官が口にする言葉だが、いったいどんな仲だというのだろう。

「織田刑事部長、お願いがあります。真田さんと犯人一味との対話ログなど、今回の事件に関するデータを頂きたいんですが」

小早川管理官は丁重に織田に頼んだ。

「かまいませんよ。本事件に関するデータはすべて刑事部と警備部で共有しましょう。そちらからうちにログインしてください。パスワード等はメールします」

織田は係員に指示しながら言った。

「ありがとうございます。まずは過去ログを拝見しますね」

小早川管理官はマウスを操作しながら、自分のＰＣに見入った。

今回の事件で使っている刑事部のサーバーにアクセスできる状態になったようだ。

小早川は夏希と桃太郎、金太郎の対話ログを何度も読み返している。

いまのところ、夏希が送った最終メッセージへの返答はない。

「真田さん、あなたの感覚を伺いたいのですが、いままでたくさんの犯人とこうした対話を繰り返していると思います。真田さんは、いわば対話のプロです。そんなあなたから見て、今回の犯人のイメージはどうでしょうか」

夏希の顔を見て小早川管理官はにこやかに訊《き》いた。

妙に持ち上げると思って、夏希は言葉を濁らせた。

「いや、まだ、はっきりしたことは……」

しかし、小早川管理官は許さなかった。

「感覚的なことでけっこうです。まず桃太郎と金太郎は同一人物だと思いますか」

小早川は夏希の顔を覗《のぞ》き込むようにして訊いた。

「そうですね。同一人物ではないというか……。これから話すことはひとつの仮説なのですが……桃太郎はパブリックに彼らを代表している人格のような気がします。だから文章もしっかり練っていると思います。これに対して、金太郎はある個人の人格をそのまま表現しているような気がします。金太郎は気まぐれで、感情的です。ときに論理的でなくいい加減な言葉を用います。言っていることには適当な部分もあります。桃太郎と金太郎が別人かどうかははっきりしませんが、まったく違うスタンスで対話していることは間違いないです」

突っ込まれたのであえて述べたが、これは間違いないことだと思う。

「では、桃太郎というのはグループの代表ということでしょうか」

小早川管理官は、夏希の目をじっと見て訊いた。

「いや、まだそこまではわかりません。一人二役なのか、二人以上の人間が犯人なのかどの強いまとまりを持った集団ではないのかもしれません」
もはっきりしません。仮に複数のメンバーが犯行に関連していても、グループというほ

かなりはっきりした夏希の感想だった。

「なぜ、そう思うのですか」

単刀直入に小早川は訊いた。

「いや、これは勘なのですが、もしふつうのグループであれば、金太郎のような気まま
な発言をほかのメンバーが許さないと考えられます。だから金太郎が書いているあのメ
ッセージを、ほかのメンバーはロクにチェックしてはいないと思うのです。金太郎は、
非常に感情的というか情緒的で、ときには理屈に合わないことを平気で述べています」

夏希はきっぱりと言った。

「では、金太郎は単独犯の可能性が高いということですか」

夏希を見つめながら、小早川管理官は訊いた。

「それはまだわかりません。はっきり言えることは、ほかにメンバーがいたとしても、
金太郎のメッセージ……いや行動にさえもあまり強い関心がないということが考えられ
る気がするのです」

夏希は言葉にしているうちに考えに自信がついてきた。

その意味では小早川管理官がいろいろと訊いてくれたことは助かった。

「うーん」

小早川管理官はこめかみのあたりを揉《も》んでうなり声を上げた。

「あのー、織田部長のご意見も伺いたいのですが」

幹部席の織田に顔を向けて、小早川管理官は訊いた。

「僕の意見ですか」

念を押すように織田は言葉をなぞった。

「ええ、なんというか今回の犯人がよくわからないんですよ。なんのためにこんなことをしているんでしょう。エレベーターなど止まらないようにしたところで、彼らにはなんのメリットもないでしょう」

小早川管理官は顔をしかめた。

「さっき、真田さんとも話していたんですけど、今回の犯人は結局、業務妨害などの罪を犯しているだけで、なんの利益も上げていませんよね」

織田は浮かない顔で答えた。

「そうなんですよ」

得たりとばかりに、小早川管理官はうなずいて言葉を続けた。

「たとえば、昨日のケースなら、《ヨコハマスカイキャビン》の運行システムのコントロール権を握った段階で、会社側を恐喝すれば多額の金員を巻き上げられるかもしれない。『コントロールを取り戻したいなら、いくらいくら払え』という類《たぐ》いの脅しは可能です。この犯人であれば仮想通貨の受取にも慣れていることでしょう。さらに今日の

《ランド・マリン・タワー》にしても、デモンストレーションで捜査員たちのカゴを止まらなくしたら、その後で『またエレベーターを止まらなくされたくなかったらいくら払え』と恐喝してもいいわけですが、犯人はそうした行為に及んでいない。犯人はいったいなにがしたいんでしょう」

いくらか興奮した声で小早川は言った。

「もうひとつ特徴的なことがあります。金太郎あるいは桃太郎は、警察や行政などに対しても、なんの要求もしていません」

夏希の言葉に、即座に織田はうなずいた。

「そうなんです。かつて出会った犯人たちのなかには政治的なメッセージを何度も提示したり、警察や行政に対する恨みつらみを繰り返し訴える者もいました。ですが、彼らはいまのところ、そうしたメッセージを伝えることもありません。今朝の金太郎のメッセージは真田さんの分析では、マニック・ディフェンスの傾向を帯びているようですが、警察や行政に対する怨念《おんねん》を訴えてはいなかった」

織田は眉間《みけん》にしわを寄せて言った。

「なんですか……マニック・ディフェンスって？」

小早川管理官は目を瞬《しばた》いた。

「躁《そう》的防衛と訳されます。自分のこころを傷つきから守るための防衛の仕組みです……」

夏希は小早川管理官にもひと通り、マニック・ディフェンスについての説明を繰り返した。

「ああ、ぴったりきますね。金太郎はマニック・ディフェンスの傾向を帯びているようですね」

小早川管理官は大いに納得している。

「だから怖い面があるのです。そうした金太郎の躁状態が収まって、客観的な視点を取り戻したときが……」

夏希は言葉を途切れさせた。

「そんなときになにが起きますか」

曇った声で織田は訊いた。

「防衛的にこころが作っていた躁が消えた後には、深刻な落ち込みが訪れる可能性があります。それによって、自分の行為を思いとどまってくれればいいのですが……」

その場合に心配されるのはまずは自傷行為などだ。

「そうでないとすれば？」

暗い声で織田は訊いた。

「自暴自棄になる危険性があります」

夏希は低い声で答えた。

「そうだとすれば、ある程度の優秀なクラッカーであると思われる金太郎がどんな犯罪に手を出すのか、想像できないだけに恐ろしいです」

織田は眉間にしわを寄せた。

「ただ、彼らにさらにもうひとつはっきりした特徴があります」

夏希は織田と小早川の顔を交互に見て言った。

「いったいなんでしょう」

小早川は夏希の目をじっと見た。

「いままでのところ、彼らは自分の行動を県警相談フォームで明かしただけです。よく見られるケースのようにマスメディアを利用したり、ＳＮＳなどで自分たちの行為を拡散しようとはしていません。つまり、彼らを動かしている動機は承認欲求とは言いがたいのです。金太郎たちは目立ちたくて行動を起こしたとは思いにくいです」

この点は大きな特徴だと夏希は考えていた。

「そうだな、あいつらは承認欲求で突き動かされているのではないな。おかげで警察への批判も少なくて済んだ部分がある」

佐竹管理官も大きくうなずいた。

「我々はとにかく発信アドレスを突き止め、金太郎の身柄を確保しなければなりませんね」

小早川管理官は力強く言い放った。

しかし、それが言葉ほど容易でないことは小早川自身が知っているはずだ。

【4】

何台かのPCからいっせいにアラート音が鳴り響いた。

「着信です」

連絡要員の制服警官が抑えた声で告げた。

「えっ？」

自分の前の液晶画面を見た夏希から驚きの声が出た。


——光る西風とともにみなとみらいを輝かせて俺は消える。　浦島太郎《うらしまたろう》

短いが、不吉なひと言が夏希の目に飛び込んできた。

だが、この文体は……。

「金太郎じゃないの？」

画面を見つめながら、夏希は思わずつぶやいていた。

さっきの夏希のメッセージに対する金太郎の返事ではない。

浦島太郎を名乗る人物が登場して、おだやかならぬことをメッセージに載せてきた。

直ちには意味が取れない言葉だ。

「とりあえず返答してみてください。金太郎と別人かはわかりませんが、この人物の言動も追いかけねばならないでしょう」

織田はいくらか焦ったような声で指示した。

——こんにちは。かもめ★百合です。あなたは金太郎さんじゃないんですか？
かもめ★百合

夏希はまずはかるく声かけを始めた。

すぐに着信を示すアラート音が響いた。

「来ましたね」

「ええ、相手は何者でしょうか」

夏希と小早川管理官は顔を見合わせた。

——そうか、あんたが金太郎の相手をしていた心理分析官のかもめ★百合か。ご苦労なことだ。仕事とは言え、俺や金太郎の与太話につきあうとはな。いくらもらっても絶対にやりたくない仕事だ。長年、そんな仕事をしてるなんて、あんたはずいぶんと辛抱強いんだな。

浦島太郎

金太郎とはまったく別人格だ。もちろん、マニック・ディフェンスの傾向はまったく感じられない。だが、正反対の鬱《うつ》状態の人物とも思えない。どちらかと言うとペシミスティック……厭世《えんせい》的な雰囲気を強く感ずる言葉の感触だ。

——あなたは浦島太郎を名乗っていらっしゃるのですね。金太郎さんはいまどうしていますか？

かもめ★百合

——さぁな。金太郎がどうしているかなんてことは俺は知らない。興味もないよ。

浦島太郎

浦島太郎は素っ気なく答えた。

夏希はとまどった。少なくともこの投稿フォームは桃太郎にしか公開していない。浦島太郎を名乗るこの人物も、金太郎と並んで桃太郎と関係のあることだけは間違いがない。

――あなたと金太郎さんはお友だちではないんですか。

かもめ★百合

――友だちだって？　君に訊《き》きたいんだがね。果たして友だちってものは実存するものかね？

浦島太郎

実存主義については夏希はあまり勉強していなかった。哲学や思想についても、精神科医にはひと通りの勉強が必要だ。精神病理に思想や哲学は深く影響を与えるからである。しかし、臨床医だった頃も夏希はそのあたりの勉強は怠けがちだった。まして、警察に入ってからはそういった観念論とはまったくかけ離れた世界に生きている。哲学や思想の勉強など何年も怠っているのが事実だ。

――すみません。わたしは哲学については暗くて、実存主義の話はよくわかりません。とにかく、浦島太郎さんは金太郎さんとは友だちじゃないんですね。

かもめ★百合

――あ、いや……別に実存主義には触れていない。俺はサルトルやメルロ＝ポンティの話をしたいわけじゃない。ただ、友だちは実際に存在するのかという単純な疑問を口にしただけだ。

浦島太郎

どうも、浦島太郎は衒学的《げんがく》というか、知識をひけらかすようなところがある。対話する上では話しにくい存在と言える。マニック・ディフェンスに陥っている金太郎よりはマシかもしれないが……。

――くどいようですが、浦島太郎さんと金太郎さんは友だちではないのですか？

かもめ★百合

――そうだ。金太郎は別に俺の友だちではない。

浦島太郎

――では、どうしてこの連絡用フォームをご存じなのですか？

かもめ★百合

――それはもちろん金太郎に聞いたからだ。あいつがメールでここのＵＲＬを送ってきた。金太郎はＩＴの専門家だ。だから、みなとみらいでなにやらやっただろう。事故のように報ぜられているが、ロープウェイやエレベーターの異状はあいつのせいだろ？
浦島太郎

浦島太郎は金太郎とは連絡を取り合っていることは間違いがないようだ。

――そんなことをなぜあなたはご存じなのですか。
かもめ★百合

当たり障りがないように夏希は訊いた。

――金太郎から聞いたからに決まっているだろう。
浦島太郎

――浦島太郎さんと金太郎さんはお知り合いなのですね？
かもめ★百合

――知り合いかと問われれば否定はできまい。しかし、世間一般で言う知人ではない。

——それはどういう意味ですか？　あなたと金太郎さんは知り合いなのですよね？
浦島太郎

——知り合いだから、ここのURLを送ってもらった。しかし、俺は金太郎がどこの誰だかは知らない。街ですれ違っても気づかないはずだ。つまり俺は金太郎の顔を知らない。ただ、俺たちは行く先がない人間という意味では共通している。

かもめ★百合

——あなたは金太郎さんの顔を知らないのですか？　それでも知り合いなんですよね？
浦島太郎

——かもめ★百合くんも、こういうテキストベースでの対話を仕事の中心に置いている人間だろう？　それならば、気づきそうなものではないか。現代社会は、まさに匿名社会だ。人間と人間が匿名というかたちで認知し合うことはきわめて一般的なことだ。たとえば、ＳＮＳでは日常的にそうしたつきあいが始まり、続いていくものだろう。多
かもめ★百合

くの人が名前も顔も知らない他人とおはようとおやすみを言い合って幸せな日々をすごす。同じ部屋で休む夫よりもたくさんの言葉と感情を取り交わす名も顔も知らぬママ友など珍しくもあるまい。そうして現代社会は匿名的なコミュニケーションが嵐のように過ぎゆくものなのだ。

浦島太郎

この回りくどい話し方は浦島太郎の特徴だ。もはや、夏希は浦島太郎と金太郎とが完全に別人格であることを疑うこともなくなった。浦島太郎のめんどうくささと金太郎のめんどうくささは別の根っこを持っているはずだ。二人は同じ人間であろうはずもない。長きにわたって他人の発話スタイルを模倣するのは非常に難しい。仮に最初はマネできたとしても、やがて他者が模倣していることは顕《あらわ》れてしまうものだ。

——あの……わたしには浦島太郎さんみたいに高度な思考ができないので、単純に伺いたいのです。浦島太郎さんと金太郎さんはネット上のお知り合いで、相手のことをいわば匿名の範囲でしか知らないということなんですね？

かもめ★百合

——まぁ、そういうことだ。とにかく俺は金太郎のことをよくは知らない。本名も年齢も、どこに住んでいるのかも、家族がいるのかどうかもなにも知らない。ＩＴは仕事にしていたようなことを言っていたし、今日、みなとみらいで騒ぎを起こすとは言っていたので、あいつの仕業かと思っただけだ。それ以上の詳しいことはなにも知らん。いまどこにいるかだって、知らんよ。あんたら警察のほうがよく知っているんじゃないのか？

浦島太郎

残念だが、浦島太郎の言うように金太郎の行方を摑《つか》んではいない。
あれきり金太郎は消えてしまった。そもそもこの投稿フォームへのメッセージの発信元が把握できていないのだから金太郎がどこにいるのかはわかるはずがない。金太郎が横浜に存在する保証はない。
だが、夏希たちは自分たちが金太郎の居場所を知らないと堂々と宣言するわけにはいかない。
夏希は勝手に質問を進めることにした。

——金太郎さんとは、どこかのサイトのフォーラムやグループページなどで知り合ったのですか？

かもめ★百合

SNSが運営するものをはじめ、利用者が構築するフォーラムなどは無数に存在する。そのどこかのサイトで浦島太郎と金太郎が知り合った可能性はあり得る。

──そのようなものだ。しかし、そういったフォーラムなどを調べても無駄だ。別に現実の犯罪を計画している人間が集まっているような場所じゃない。犯罪の方法を研究したり発表したりする場でもない。また、俺や金太郎は自分たちの発言のほとんどを消してしまって、もうなにも残っていないはずだ。

浦島太郎

浦島太郎と金太郎とが出会ったフォーラムは犯罪とは関係がないものだったようだ。

──いまは調べている時間はありません。お伺いしたいのですが、そのフォーラムは、どんなことについて話す場所だったのですか？

かもめ★百合

浦島太郎はなにをしようとしているのだろうか。彼と金太郎の関係が希薄だとしても、このフォームを用いて呼びかけてくるからにはなにか意図していることを警察に伝えたいはずだ。その目的はなんだろうか。いまは対話のベースを維持して、浦島太郎の計画を聞き出さなければならない。

――そんなことが聞きたいのか？　聞いてどうするんだ？

浦島太郎

なんとなくいらだたしげに見える浦島太郎の返答だったが、彼が本当は現在の心境を語りたいのだと夏希は思っていた。そうでなければ、浦島太郎はこの投稿フォームを通じて神奈川県警に語りかけてくるようなことはなかったはずだ。

――光る西風とともにみなとみらいを輝かせて俺は消える。

この最初のメッセージは、自分が追い詰められていることを誰かに聞いてもらいたい浦島太郎の心の叫びと、夏希には感じられていた。

――教えてください。いったいどんなテーマのフォーラムで盛り上がっていたのですか？

かもめ★百合

――自分がどんなクズか、世の中にとって価値のない人間かを話すフォーラムだよ。自分の人生が誰にとってもなんの価値もないものと明らかにする場所だ。
浦島太郎

絶望的にペシミスティックなフォーラムだ。自己否定をすることによって自分を守ろうとする人間のこころの働きは脳科学的にも指摘されている。脳が判断停止……フリーズしてしまうと、このような自己否定が見られるようになる。

――価値のない人間なんてこの世の中にはいません。わたしはそう信じて生きています。
かもめ★百合

これは夏希の本音だった。一方で自分の臨床医時代からの仕事の根本に横たわっている考え方でもあった。警察にいる現在も、人間の生きる価値を信じて犯罪に立ち向かっている。

――ほう。君がもし本当にそう思っているとしたら、実に運のいい人生を歩んできたのだね。

浦島太郎

皮肉にも嘆きにも聞こえる浦島太郎のメッセージだった。

――そんなことはありません。挫折《ざせつ》だらけでいまの仕事に就いたのです。いや、挫折があったからこそ、警察官になりました。いま現在も、悩みながら日々をすごしております。決して運のいい人生でも順調な毎日でもありません。犯罪によって大切な人を失った過去もあります。そうして生きてきて得た結論が、価値のない人間はいないということです。

かもめ★百合

夏希はつい言葉に力を入れてメッセージを書き込んだ。

――まぁ、あんたの考えはわかった。とにかく、そのフォーラムは、自分の人生がいかにつまらなかったかってことをみんなで話す場所だった。俺の人生はクソみたいなもんだってことをな。そこで同じ思いを持った一人が金太郎だったってわけだ。

浦島太郎

――つまりお二人は同志だったわけですか？　　かもめ★百合

――別に同志ってわけじゃないさ。言ってみれば同好の士かな？　俺たちは自分が生きてきた証拠みたいなもんをこのヨコハマのどこかに残したいと思った。たとえくだらないものでもいい。ここで俺が生きてなかったら存在しなかった。そんななにかがほしいと願ったんだ。でも、結局、俺たちのようなちっぽけな存在には永続的に残せるものなんてないんだ。金太郎にしても俺にしても一時的な現象しか残すことはできないんだ。わかるかね？　　浦島太郎

どうも浦島太郎の言葉は哲学的というか抽象的というか、言葉数は多いのだが、なにを言いたいのかよくわからない。わざと夏希を振り回しているのではなく、好き勝手に喋《しゃべ》り続けると饒舌《じょうぜつ》になるようだ。

ふと夏希は気づいた。

これも一種のマニック・ディフェンスなのではないか……。

言葉は面倒くさいし、ペダンティックだが、浦島太郎の饒舌はまさに躁《そう》的防衛ではな

いか。鬱《うつ》状態の人間が饒舌になることはまずない。必ず寡黙になって口数が減るものだ。浦島太郎も内心では追い詰められ、こころが逃げ場を探している人間ではないか。

背中に冷たい緊張が走った。

もしこの饒舌がマニック・ディフェンスのもたらすものだとしたら、浦島太郎の饒舌の行き着く先は危ういとも考えられる。

どうにか、浦島太郎の意思を汲《く》み取りたい。


——光る西風はあなたになにを運んできますか。

かもめ★百合

——いきなりなにを言い出すかと思ったら……あんたはなにが知りたいんだ？

浦島太郎

——あなたがこれからなにをしようとしているかです。あなたの進めようとしていることにわたしは反対しなくてはならないかもしれません。

かもめ★百合

——そうだな、やりたいことはみなとみらいを輝かせて俺自身が消えることだ。あんたはきっと賛成はすまい。社会秩序を乱すことにつながるからな。

浦島太郎

浦島太郎は、抽象的な言葉数が多いと思えるが、少しも具体的なことを話さない。

――もう少し詳しいことを教えてくれませんか？

かもめ★百合

――残念だが、自分の残り時間を輝かせたいとだけ伝えておくよ。君たちに邪魔されたくはないのでね。

浦島太郎

浦島太郎がなにをしようとしているのかは、これだけ言葉を交わしても少しも見えてこない。

無力感を覚えながらも、夏希は一般的な寄り添い方を選ぶしかなかった。

――わたしは浦島太郎さんの力になりたいと思っています。なにかわたしの力でお役に立てることはないでしょうか。

――どうしたんだ？　いきなり？　そんな姿勢を見せるなんて。いったい君になにができるというんだ？

かもめ★百合

浦島太郎

――なにもできないかもしれません。でも、なにかできるのなら嬉《うれ》しいです。

かもめ★百合

控えめに自分の素直な気持ちを伝えた。
彼のような状況に陥っている人間に、少しでも寄り添うことを夏希は願っていた。
仮になんの力にもなることができなかったとしても、できるだけのことはしたかった。
しばし返答が途絶えた。
浦島太郎はあるいは腹を立てたのかなと思った頃に、着信アラートの音が鳴った。

――そうか、それでは、俺のステージを見てくれ。君に見てもらえればやりがいもあるというものだ。さっきも言ったように俺のような能力のない人間は、自分が生きてきた証拠を永続的に残すことはできない。だが、流れて消えてゆく一時的なちいさな証《あかし》は残せるだろう。午後四時過ぎにお目に掛けよう。

浦島太郎

夏希の鼓動は早くなった。浦島太郎が企図していることは防げるかもしれない。被害を出さずにすべてが収まれば、浦島太郎も大きな罪を犯さずに済む。

――いったいどこで見せてくれるのですか？

かもめ★百合

夏希は震える手で送信ボタンをクリックした。

――それは言えない。時間の上に場所まで指定したら、君たちは蟻の這《は》い出る隙もないほどに警察官で固めてしまうだろう。それでは俺が計画していることも実現できない。ただ、横浜ということだけは伝えておこう。では、これでしばしの別れだ。つきあってくれたことに感謝する。

浦島太郎

さすがに、期待通りに事は運ばなかった。夏希は肩を落とした。

「浦島太郎が計画している犯行を防ぐ方法はないでしょうか」

夏希は織田に向かって尋ねた。

「場所がわからないのでは、難しいですね。なにをしようとしているのかもわかりません。おそらくは新港地区などみなとみらい周辺地域を舞台にしようと考えているのでしょう。横浜水上署と近隣各署に要請して地域課にパトロールを強化してもらいます。また、刑事課員はいったん三時頃に指揮本部に戻ってもらって、なにか起きたら直ちに出動する態勢を組みます」

強い口調で織田は言い切った。

「わたしも出動組に入れてください」

声に力を込めて夏希は頼んだ。

「わかりました。石田さんたちと現場に向かえる態勢を取りましょう」

織田は静かにうなずいた。

「あの……織田部長、佐竹管理官、真田さん……僕の意見を聞いて頂けますでしょうか」

小早川管理官が遠慮深い口調で切り出した。

「はい、どのようなことでしょう？」

にこやかな顔で織田は尋ねた。

「最初に申しあげたように、僕は本多部長の命令でこの指揮本部にお邪魔しております。《ランド・マリン・タワー》のエレベーターのクラッキングについて、本多部長はテロのおそれもあるとのお考えでした。その疑いが晴れるまで、警備部として指揮本部のお手伝いをせよとのことです。ところで……」

小早川管理官は夏希たちを見まわして言葉を継いだ。

「ここに参りましてから、まず、真田さんと桃太郎や金太郎の対話ログを読みました。さらに金太郎の知り合いと名乗る浦島太郎と真田さんの対話をリアルタイムにしっかりと拝見しておりました」

きまじめな感じで小早川管理官は言った。

「そうだな、あんたは真田さんの対話を大変に熱心に見ていたね」

佐竹管理官が笑顔で答えた。

「それで、これは完全にわたしの個人的な意見に過ぎないのですが……」

小早川管理官は夏希の顔を見て言葉を継いだ。

「本件の桃太郎、金太郎、浦島太郎はともにきわめて個人的な事情で犯行を計画実行し、また実行しようとしているという見解に達しました」

まじめな顔で小早川管理官が言葉に力をこめると、織田は目を瞬《しばたた》いた。

「つまり簡単に言うと、小早川さん。あんたは金太郎や浦島太郎はテロリストじゃないと考えているわけだな」

佐竹管理官は笑顔で言った。

もちろん夏希は最初から警備部のテロリスト説などは耳に入れていないも同然だった。

「個人の考えです。あくまで個人の考えなのです」

言い訳するように小早川管理官は、自分の顔の前で手を振った。

「わかりました。小早川さんの個人的見解と受けとっておきます」

鷹揚《おうよう》な調子で織田はうなずいた。

「はい、警備部管理官としては、テロの疑いは完全に晴れたわけではないので、この指揮本部を撤退すべきではないと考えております。少なくとも、桃太郎、浦島太郎や金太郎の犯行を阻止できた場合か、身柄を確保できた場合でなければこの指揮本部での任務を続けるべきだと考えております」

しゃちほこばって小早川管理官は言った。

現時点では小早川は金太郎や浦島太郎あるいは桃太郎がテロリストなどとはつゆほども疑っていないのではないか。しかし、彼はなかなか微妙な立場だ。本多部長の言い出した説をむげに否定できないのかもしれない。それにテロでないと言いきれば、自分が首を突っ込んだ事件の解決を見ぬ間に、この指揮本部から立ち去らなければならなくなる。

「わかりました。引き続きどうぞよろしくお願いします」

織田はゆったりとした口調で頭を下げた。

「こちらこそよろしくお願い申しあげます」

いくらかこわばった表情で小早川は頭を下げた。

「ところで、参考までに聞かせてほしいんだがね、小早川さんがあいつらをテロリストではないと考えたおもな理由はどこにあるんだね」

遠慮なくツケツケと佐竹管理官は訊《き》いた。

「いくつものポイントがあると思いますが、まずは真田さんの指摘するとおり彼らはマニック・ディフェンスの傾向を持っていると思いました」

小早川は夏希の顔を見て言った。

「金太郎はともあれ、浦島太郎についてもマニック・ディフェンスの傾向を感じましたか」

夏希から明るい声が出た。

小早川が浦島太郎にその傾向を見出《みいだ》すとは思っていなかった。

「一見、正反対のように見えますね。浦島太郎はペシミスティックでペダンティックで、なんというか苦虫かみつぶした爺《じい》さんのようなイメージです。でも、対話が進むと、かなり饒舌《じょうぜつ》だ。自分の気に入ったことを口数多く上機嫌に喋《しゃべ》り続けているイメージです。間違っても浦島太郎は鬱《うつ》状態にはない。彼こそマニック・ディフェンサーですよ。つまり、テロリストでは見ることのできないタイプです」

小早川の目は生き生きと輝いている。

「そう思いますか？」

ますます夏希は嬉《うれ》しくなってきた。

「はい、確信犯としての色彩が強いテロリストは通常、自分の犯行に自信を持っています。ですから、躁《そう》的防衛のような態度をとることはないと思います」

小早川管理官はちょっと上目遣いに夏希を見た。

「その通りだと思います。躁的防衛が表出するのは、慢性的な自信のなさを解消するための行動だからです。わたしはテロについては専門的な知識を持ってはいませんが、テロリストたちに躁的防衛が観察できるとは思いません。金太郎や浦島太郎は少しもテロリストらしくありません」

夏希はきっぱりと言いきった。

「どうやら、小早川さんと真田の意見が合ったようだな」

佐竹管理官はおもしろそうに笑った。

「ところで、浦島太郎が登場したことで三太郎となりましたね」

織田がなんの気ない調子で言った。

「ほんとだ。スマホキャリアのキャラですね」

小早川管理官が裏返った声を出した。

夏希もそのことには気づいていた。

あるスマホキャリアのイメージキャラクターで、金太郎、浦島太郎、桃太郎が登場して、CMなどで人気俳優が演じているのでよく知られている。

「三太郎は、江戸時代には丁稚《でっち》や小僧を指す言葉だったようです。それと関連があるらしいですが、古くから魯鈍《ろどん》な者をあざけって呼ぶ名前でもあったようです」

織田はあまり興味なさそうに言った。

「ああ、大馬鹿三太郎という言葉がありますね」

夏希は子どもの頃に聞いた言葉を思い出して口にした。亡くなった祖父がそんな言葉を使っていた記憶がある。

「まぁ、いまは考えても意味がなさそうです。とにかく犯人は桃太郎、金太郎、浦島太郎という三人である可能性だけは確かでしょうね」

夏希の意見に小早川管理官は素直にうなずいた。

「そうですね」

「さて、四時過ぎには出動に備える必要があるかもしれません。いまのうちに昼食を取っておいてください。指揮本部用の仕出し弁当が来ています」

織田がやわらかい声で言った。

指揮本部トップのくせに、弁当の心配までするのは織田くらいのものだろう。

幹部用の弁当をひとつわけてもらった。

銀ダラの西京焼きや豚ロースの塩麴《しおこうじ》焼きなど、さすがに幹部用はおかずのレベルが違った。

第三章　天燈祭

【1】

講堂内にはほとんどの捜査員が戻って待機していた。

石田と沙羅も捜査一課の捜査員たちに交じって浦島太郎が予告した午後四時を待っていた。

窓の外では西陽が横浜港に強い反射を作っている。

これからなにが起こるだろうという不安感はあったが、どちらかというとゆるやかな緊張感が漂っていた。

具体的な事が予告されていない脅威に、人間は鈍感なのかもしれない。

いちばんに必死になっているのは、金太郎や浦島太郎の発信元を辿《たど》ろうとしている警備部の四人の課員だった。

そのとき壁に設置されたスピーカーから硬い声が流れた。

――通信指令室から各局。午後四時七分、一一〇番入電あり。横浜市西区《にし》みなとみらい六丁目帷子川《かたびらがわ》下流、みなとみらい橋付近上空で多数の発火物あり。発火物は空中を漂流中。繰り返す――。


「浦島太郎が予告していた件だと思われますね」

乾いた声で織田が言った。

「多数の発火物ってのはいったいなんのことでしょうかね」

小早川管理官が顔をしかめた。

「しかも空中を漂流中だそうだ」

佐竹管理官は肩をすくめた。

まったく予想もしていなかった通報内容だ。

さらに無線では状況がよくわからない。

一一〇番通報をそのまま伝えたものだろう。

「帷子川下流は我が署の管轄内です。水上だけで地上は違うのですが」

丸山署長が張り切った声を出した。

「署長、この現場は船舶のほうが早く着くのですか」

織田は身を乗り出すようにして訊いた。

「水上ならだいたい三キロ程度の距離です。地上を行くとその何倍か掛かります。最高速度は四〇ノットつまり時速約七四キロなので、パトカーより船舶のほうがはるかに早いです。警備艇なら一〇分くらいで着きます」

元気よく署長は答えた。

「現場まで警備艇を出して頂きたいんですが」

織田の請いに署長は晴れやかな笑みを浮かべた。

「本署の一八・五メートル級二一トン船舶は二隻ありますが、一隻を出します。すぐにうちの署の船舶乗務員を待機させますので、すぐに出航できます。捜一から何名か出して頂ければ、状況のチェックが可能です」

自信に満ちた口調で署長は答えた。

「わかりました。では捜査一課から五名を出しますので乗船させてください」

やわらかい調子で織田は言った。

「了解いたしました」

署長の声には張りがあった。

「それと佐竹さん、あのあたりの陸上なんですが……帷子川両岸はどこの署の管轄ですか」

織田は佐竹に顔を向けて訊《き》いた。

「左岸は神奈川区のポートサイド地区ですので神奈川警察署、右岸は西区のみなとみらい地区ですので戸部《とべ》警察署です」

佐竹は地図も見ずに答えた。

「では、神奈川署と戸部署に連絡して警戒要員を出してもらいましょう。それから刑事部から四人と、真田さんにも現場に行ってもらいましょう」

夏希を見て織田が言った。

「ありがとうございます。現場をしっかり見てきます」

はずんだ声で夏希は答えた。

「真田さんが行けば、犯人の性質についてなにか摑《つか》めるかもしれません」

織田はゆったりとうなずいた。

「おい石田、真田を案内していってくれ」

佐竹管理官が石田に声を掛けた。

「了解です。先輩、行きましょう」

石田に連れられて夏希は講堂を出て下りのエレベーターに乗った。

横浜水上署の裏手には専用桟橋があり、何隻もの警備艇が係留されていた。

桟橋から海を挟んで一〇〇メートル足らずの位置は山下公園の西端となっている。さらに海を隔てて氷川丸《ひかわまる》の黒い船体が見えている。

警備艇の前の堤防に、略帽をかぶってライトブルーの活動服を身につけた若い船舶乗務員が待っていた。

「こちらです」

白い船体に『神2　あしがら』と書かれた一隻の警備艇に夏希たちは案内された。

操舵《そうだ》席の列には二人の船舶乗務員が配置につき、その後ろには制服姿の横浜水上署交通地域課員が座った。制服警官はビデオカメラらしきものを手にしている。

夏希たちは、さらに後ろのキャプテンチェアのようなグレーの椅子に腰掛けるように指示された。夏希、石田、沙羅のほかに二人の若い捜査一課員が乗り込んだ。

アイドリングしていた機関の回転音が上がり始めた。

警備艇はゆらりと桟橋を離れた。

客船が停まっていない国際客船ターミナルを通り過ぎ、警備艇は大さん橋の先端から横浜港の中央あたりへと出ていく。

ぐんとスピードが上がった。

もちろん全速力には遠いようだが、それでも三〇ノットは出ているのではないか。

両舷《りょうげん》からかなり激しい波しぶきが上がり、船体のローリングも激しくなってきた。

夏希は函館《はこだて》の港町育ちで、小さい頃からプレジャーボートなどには乗り慣れている。

波が静かな横浜港で、船酔いするおそれはなかった。

沙羅は大丈夫かなと見ると、目を細めて動きゆく窓の外の景色を眺めている。

かつて大きな客船の旅を一緒にしたことがあるが、こうしたちいさなボートでは揺れ方が違う。

だが、沙羅はこの警備艇クラスでも大丈夫のようだ。

「いいっすねぇ。警備艇にこうして乗せてもらうと船乗り気分ですよ」

石田も船には強いのか、引戸式の窓の外へ視線をやって太平楽なことを口にしている。

この先で一一〇番通報するほどの異常事態が起きているのだ。

右手後方にはずっと続くコンクリート堤防の端に赤い灯台が光っている。

日没まではあと一五分近くあるが、あたりはかなり暗くなってきた。

新港地区を左に巻いて、ハンマーヘッドパークやぷかり桟橋を過ぎゆく。

パシフィコ横浜を遠くに過ぎて左へ舳先《へさき》が向くと、いよいよ現場と連絡を受けている海域が近づいてきた。

背が低く幅の広いみなとみらい橋が目の前に迫ってくる。

横浜市中央卸売市場などのある山内町《やまのうちちょう》と、みなとみらい21地区をつないでいる橋だ。

この橋の左手は、かつては再開発地域としてガランとした空虚なエリアだったが、現在は圧倒的な存在感を誇る白い巨大なホールが存在する。収容人員数二万人を誇る世界最大級の音楽専用アリーナである《Yアリーナ横浜》が去年の秋にオープンしたのだ。

さらに隣接してホテル《Yテラス横浜ホテル》とオフィスビル《Yタワー横浜》の高層ビルが建ち、あたり一帯の開発街区は《ミュージックYテラス》と呼ばれている。

橋を潜《くぐ》った船は《Yアリーナ横浜》の真横に出た。

「あっ、あれはっ！」

石田が窓の外を指さして、素《す》っ頓狂《とんきょう》な声を上げた。

「きれい……」

沙羅が夢を見ているような声を発した。

夏希は目の前で自分の視界を奪ったものの正体がつかめなかった。

あたりの空間を無数の輝きが埋めていた。

白い《Yアリーナ横浜》の建物を背景に、数え切れない光が舞い上がっている。

光は建物よりも高い空中で光っている。

「ずいぶんたくさんですね」

沙羅は低いうなり声を発した。

いったいいくつの物体が輝きながら宙を埋めているのだろう。

ひとつひとつは握りこぶし程度の大きさのようにも思える。

その数は一〇や二〇などでは利かない。一〇〇か、二〇〇か、とにかくおびただしい数だ。

すでに陽光は差していないのだから、この輝きは陽光の反射ではない。

宙に浮いている輝きはすべて自分で発光しているのだ。

あたたかい光はきらきらと黄金色《こがね》に輝き、シャラシャラと音を立てているような錯覚を感ずる。風にそよいで光る黄金色の葉裏を思い出す。あるいは、まるで仏殿を飾る無数の瓔珞《ようらく》のようにも感じられる。

これこそが浦島太郎が体現したかったステージの姿なのか。

かつてニュースで見た台湾の『天燈祭《てんだん》』というお祭りの映像が似たような美しさを持っていた。冬の夜に、ろうそくで加熱した無数のランタンが華やかに空に飛び上がるお祭りだった。たしかタイにも『コムローイ』という似たような行事があると聞いたことがある。もっとも天燈祭で飛ぶのは、もっと大きいランタンだった。

「あの光の正体はいったいなんなの？」

ぼう然とした声で夏希は石田に訊いた。

「ドローンでしょう。ちいさなＬＥＤを灯《とも》しているみたいですね」

石田は夏希の顔を見てゆっくりと言った。

「ドローンですって！」

夏希はちいさく叫んだ。

無数のドローンが一度に飛んでいる光景を夏希は見たことがなかった。

「そう、飛び方を見てください。モーターなどで揚力を得ていますよ。バルーンの類《たぐ》いじゃない」

なんでもないことのように石田は言った。

「あんなにちいさいのに」

夏希がかつての事件で何度か出会ったドローンは、もっとずっと大きいものだった。

「ドローンには各種の法規制が定められていますけど、超小型ドローンは野放しに近いんです。バッテリー込みで一〇〇グラム未満のドローンは、模型航空機扱いで、航空法による規制対象外なんです。目視外飛行も許可なしで可能だし、機体の登録も不要なんですよ。だから、生活安全課をはじめ警察も、監督官庁の国土交通省もしっかりと見ていないのが実状です」

さらさらと石田は説明した。

宙で光っているオブジェのような物体を眺めながら夏希は訊《き》いた。

「そうなの？」

「そうなんですよ。ま、法規制なんてのは浦島太郎には関係のない話かもしれませんが……超小型のドローンなら入手するのもラクですし、仮にいままで何度かテスト飛行させていたとしてもあまりチェックされることもなかったでしょうね。それでも一五〇メートルの高さまで飛ばせる種類もあります」

石田は眉根《まゆね》を寄せた。

機関の音をうならせながら、《あしがら》は帷子川の流れに沿って左に九〇度回頭した。

左舷《さげん》側は《Yアリーナ横浜》の建つ西区みなとみらい地区で、右舷《うげん》側は神奈川区のポートサイド地区となる。

船はJRの貨物鉄道が通っていて帷子川を横切る橋を潜ってゆく。

《Yアリーナ横浜》の周辺は草地だらけの高島水際線《たかしますいさいせん》公園となっている。対岸のポートサイド公園と相まって建物が少なく、木々や草地の緑の多い地区だ。

「あのあたりから飛び立っています」

沙羅が草地を指さして言った。

光るドローンが次々と草むらから飛び上がってゆく。

空中のオブジェは、北側の草地から空へと舞い上がっていることがわかった。

「音楽が聞こえる」

石田がつぶやいた。

どこから発せられているかはわからないが、BGMらしきものがあたりに響き渡っている。

「ラフマニノフの有名なコンチェルトだよ」

夏希はつぶやいた。

映画音楽やフィギュアスケートのBGMとしてよく用いられるロシアの作曲家セルゲイ・ラフマニノフが作曲したピアノ協奏曲だ。ロシア正教の鐘の音を模したと言われる冒頭のピアノの和音が川面《かわも》に鳴っていた。

「ドローンや音楽は、誰かがコントロールしているのでしょうか」

石田の顔を見ながら沙羅は訊いた。

「それは間違いないけど、ドローンは単にスタートさせただけかもしれない。見ろよ、舞い上がって、漂っているだけだ」

石田が指摘したとおり、ドローンは草むらから上空に飛び上がって漂っているだけだ。

帷子川の両岸にはたくさんの人々が立って、謎の光のショーを眺めていた。

スマホを向ける人も少なくなく、フラッシュライトの白い光が瞬き続けている。

「こんなにたくさんのドローンが光っているのなんて、オリンピックのときの映像でしか見たことがないです」

沙羅が空中に視線を置いたままで言った。

「あのときはこんなもんじゃなかったよ。この何十倍もの規模だった。二〇二一年の東京オリンピックの開会式のドローン・ショーでは一八〇〇機以上も使われたんだ」

石田は諭すように言った。

「でも、あれとは雰囲気が違う。ちいさなランタンみたい」

夏希はつぶやいた。

多数のドローンを使ったイベントではるかに大規模なものがある。

おぼろげな記憶では五〇〇〇機のドローンを使ったイベントさえあると言う。

目の前の空に輝くのはそんなに大規模なものではない。

オリンピックなどのドローン・ショーでは光は蒼《あお》や緑の寒色系が中心だった。そんな寒色系の灯《あか》りが幾何学的で精緻《せいち》な構図を空に描いているというイメージがある。

このドローンが作る世界は、どこか素朴であたたかい美しさを持っているのだ。

「ドローンに搭載しているＬＥＤの違いかもしれませんね。遠くてよくはわからないけれど、たとえばインテリア用のローソク型ライトに使うLEDなんかを積んでいるのかもしれません」

石田は宙に目を凝らしながら言った。

とつぜん、「ポン、ポン」というかるい炸裂《さくれつ》音がいくつも響いた。

空中のドローンが火を放って破裂している。

「あっ！」

夏希は思わず叫んだ。

「破裂しました」

沙羅も隣で緊張した声を出した。

この船までは飛んでこないが、帷子川の両岸に群がる見物人に破裂した部品などが落ちたら危険だ。

いつの間にか音楽はやんでいた。

「ヤバいですね、とりあえず本部に連絡を入れます」

スマホを手にして石田は張りのある声を出した。

「石田です。通報のあった件ですが、一〇〇機以上の超小型ドローンが《Yアリーナ横浜》周辺を飛んでいます。帷子川の両岸の高島水際線公園やポートサイド公園付近に見物人が一〇〇人以上は出ていますが、ドローンは時間がくると自動的に爆発する仕組みのようです。いまのところ爆発したドローンの破壊力は小さく、個体そのものが四散する程度の破壊力しかありません。ただ、破片などが宙に飛び散り降ってくるおそれがあり、見物人を避難させたほうが無難です」

手際よく石田は指揮本部に連絡した。

「わかりました。我々はしばらくこの場近くで経緯を観察します」

電話の相手から指示があって、石田は電話を切った。

「しばらくようすを見ろということです。野次馬の避難は所轄に任せるそうです」

夏希たちを見まわして石田は言った。

船に乗っている状態では見物人たちを誘導することは不可能だ。

その後すぐに、コックピットに横浜水上署交通地域課から無線入電があった。《あしがら》は現在の海域に留《とど》まるようにとの命令が入った。

左右両岸でパトカーなど警察車両のサイレンが響いてきた。

「どうやら、神奈川署、戸部署ともに到着したみたいですね」

石田は明るい声で言った。

パトカーのラウドスピーカーが「横浜駅方向に避難するように」と誘導している。

ポートサイドを五〇〇メートルほど遡《さかのぼ》ると、横浜駅きた東口直結の商業施設である《横浜ベイクォーター》がある。ここには横浜駅やそごう横浜店に続く連絡通路が設けられている。

開発が遅れたポートサイド地区とは正反対に、横浜駅周辺は古くから横浜の中心的商業地域であることはいうまでもない。

何人かの制服警官がパトカーやワンボックスの警察車両から降りて、次々に誘導を始めた。

彼らは赤い誘導灯を手にして振っている。

タワーマンションなどが目立つ神奈川区側のポートサイド地区でも、《ミュージックYテラス》が中心の西区側でも、見物人たちはぞろぞろと横浜駅の方向へと退避していた。

その間にも数十メートルの上空で、ちいさな音を立てながらドローンは炸裂している。

空中に透明な樹脂の破片が飛び散っている。

「爆発し続けていますね」

沙羅があきれたような声を出した。

「超小型ドローンにはひとつ大きな特徴があります。バッテリーの保《も》ちが悪いというか、飛行時間が短いのです。二〇分も飛べません。あれはバッテリーがなくなって落下する前に爆発する仕組みを持っているみたいですね」

ドローンを眺めながら石田が言った言葉を、夏希は聞き咎《とが》めた。

「わざと爆破させてるってことなの？」

「そうじゃないかなぁ。いまのところ、バッテリー切れでそのまま落ちた個体をまだ見てない気がするんですよ」

眉間《みけん》にしわを寄せて、石田は宙を見つめながら答えた。

「そのまま落ちるよりは爆発させたほうが安全だと犯人は考えているのかな」

夏希はそのあたりに浦島太郎の意思を感じた。

「さぁ、そこまではわかりませんけど」

石田は笑いながら答えた。

「どっちにしても、下にいる人が危険ですよ」

沙羅は腹立たしげな声を出した。

「まぁ、そうなんだけどね」

あいまいな声で夏希は答えた。

浦島太郎はこの空中ショーというかアトラクションを演出したかっただけなのだろうと思った。だから、見物人に大きなケガをさせないように落下前に爆発させているのではないか。

もっとも沙羅が言うように、どっちにしてもケガ人が出かねない危険な演出だ。こんな勝手なパフォーマンスが許されるはずはない。

ただ、浦島太郎の行動には明確な『害意』が感じられない。

浦島太郎は自分のやりたいことを好き勝手にやっているに過ぎない。たとえば、誰かに復讐《ふくしゅう》しようとか、誰かを傷つけようとかいう意思は感じられない。また、このパフォーマンスによってなんらかの利益を得ているようには感じられない。ただし、他者の迷惑は考えていないが。

夏希はいままでこうした犯人と対峙《たいじ》してきたことはなかった。

犯行には動機が存在する。利得であれ怨恨《えんこん》であれ、はっきりとした意味を持って犯罪者は行動するはずだ。

浦島太郎や金太郎はなにを目的に予告の上でこうした犯罪を続けるのか、夏希にはわからなかった。

次々に空中で炸裂音が響く。

破裂して四散するドローンの数が増えてゆく。

五個減り、一〇個減り、やがてあれほど光っていたドローンは空中から消え失《う》せた。

《Yアリーナ横浜》の周辺の空中は、建物を浮き上がらせてまわりは暗く沈んでいる。

「終わったみたいですね」

宙に視線を置いて石田はつぶやいた。

横浜駅へと避難する人の列は続いているが、パフォーマンスは終演を迎えたようだ。

しばらく《あしがら》はエンジンをアイドリングに近い状態にして、低速で進んでいた。

やがてコックピットに横浜水上署からの指揮無線が入った。《あしがら》はその場でゆっくりと舳先《へさき》を元来た方向へと回して前進し始めた。

右舷《うげん》の後方へと《Yアリーナ横浜》をはじめとする建物群は去ってゆく。《あしがら》

は大さん橋を目指して帷子川から沖合を目指して航行し始めた。

【2】

指揮本部に戻ると幹部席の織田は難しい顔つきでPCの画面を見つめて座っていた。

隣では署長が横浜水上署の管理職らしき制服警官の警部と話し込んでいた。

佐竹管理官と小早川管理官は隣に座って、PCを見てなにやら話し込んでいる。

「おう、真田。よく見えただろう」

夏希に気づいた佐竹管理官が声を掛けてきた。

「真田さん、お帰りなさい」

小早川管理官が明るい声で迎えた。

「ただいま、浦島太郎のパフォーマンスをしっかり見てきました」

元気な声で夏希はあいさつした。

「警備艇に乗っていた横浜水上署員がライブビデオを送信してくれていましたから、僕らもあの空中のパフォーマンスは見ていましたよ。なかなか力が入っていましたね」

小早川管理官は肩をちょっとすくめた。

「僕も見ていました。現場にいた真田さんのようなわけにはいきませんけどね……まぁ、掛けてください」

表情をやわらげて織田が手を差し伸べた。

「被害などは出ていませんか？」

気がかりだったことを夏希は訊《き》いた。

「幸いにも負傷者等の連絡は入っていません」

織田はおだやかな表情で答えた。

「よかったです」

夏希はホッと息をついた。

「ドローンの破片などによる物的損害はこれから調べることになるでしょうけれど、物的にも大きな被害は出ていないようです。現時点で周辺施設の管理者たちからは被害の報告は受けていません。戸部署と神奈川署に被害状況を確認してもらっています」

織田は淡々とした調子で説明した。

「ドローンを操作していた人物などは見つかっていないのですか」

期待しつつも、無理だろうと思いながら夏希は訊いた。

「捜査一課員を地上から急行させて、目撃証言などを集める指示を出しました。いまのところそうした人物は見つかっていません」

さらっと織田は言ったが、この指示のために石田や沙羅は現場に逆戻りすることになった。

「有力な情報が得られるといいのですが……」

夏希は期待を込めて言った。

「そうですね……ただ、もし遠距離からの操作だと目撃証言などは見つからない可能性が高いですね」

織田は眉根《まゆね》を寄せた。

「まぁ、浦島太郎の仲間には敏腕クラッカーと思《おぼ》しき金太郎もいますからね。なんらかの協力を得ていても不思議はないでしょうね」

夏希の言葉に織田は渋い顔でうなずいた。

「残った個体が見つかれば、コントロール系についても詳しいことがわかるはずなんですがね。飛ばしたドローンはすべて爆破したようなので、完全個体の回収は難しいと思われます。それどころか破片しか見つからないかもしれません」

「なるほど、爆破は証拠を残さないための工夫でもあったわけですね」

「否定はできませんよね。いずれにしても、現場にはある程度の人数の警察官を投入する予定です。その捜査結果を待ちたいと思います」

織田は顔をしかめた。

「あの……その後、浦島太郎からのメッセージはありましたか」

夏希は訊きたかったもうひとつのことを質問した。

「いいえ、浦島太郎も金太郎もなにも言ってきません」

織田は首を横に振った。

「そうですか……こちらへの要求などもなしですか」

夏希は念を押して訊いた。

「とくにありませんね」

織田は首を横に振った。

「なにかしらのメッセージがあると僕も期待していたのですが、あれきりだんまりです。

残念ながら、彼らの発信元を特定する作業は進んでいません。発信元秘匿のためにかなりの手間を掛けているようです。なにせ、《ランド・マリン・タワー》のシステムに侵入する技術を持つようなクラッカーですからね。彼らの首根っこを押さえて縄を掛けるのは簡単なことではなさそうです」

小早川管理官は嘆くような口調で言った。

「ところで、真田さんの感想を簡単に聞かせてもらえませんか」

身を乗り出して織田は尋ねた。

「僕もぜひ聞きたいです」

小早川管理官の声にも力がこもっていた。

「美しいパフォーマンスでした。浦島太郎の美意識を体現するものなのでしょう。ただ、社会的にはそれ以上の意味があるものとは思えないのです」

夏希は浮かない声で答えた。

「意味がないと思うのですか？」

織田は首を傾げた。

「はい、少なくとも社会的な意味はないと思います。いわば、『自己実現のための犯罪』といえるように思えるのです」

自分の口から出しながら、ぴったりとくる言葉だと夏希は思った。

「ほう……『自己実現のための犯罪』ですか」

うなずきながら織田は言葉をなぞった。

「もっと雑ぱくに言うと、浦島太郎はただ好きなことをしようとしているだけとしか思えないのです。つまり、自分の思いをただ実現したいだけという気がしたのです」

夏希は織田の目を見て言った。

「なるほど……」

織田はしっかりとあごを引いた。

「そうした傾向は政治的あるいは宗教的な信念に基づく、いわゆる確信犯には存在します。ですが、浦島太郎は確信犯とは異なりますね」

小早川管理官は考え深げに言った。

その手の確信犯はテロ関係の事案を扱う警備部が専門にしている。

「小早川さんの言うとおり、浦島太郎の犯行のベースになんらかの信念があるとは思えないです」

織田は眉間《みけん》にしわを寄せた。

「その通りだと思います。浦島太郎は自分の技術によって、このマジックアワーのパフォーマンスを演出したかっただけのように思えます。ただ……」

夏希は言い淀《よど》んだ。

「ただ……なんでしょう？」

織田は夏希の目をじっと見た。

「それだけでこんな大がかりなことをするということが気に掛かります。いまのところ、浦島太郎は先ほどのパフォーマンスのために、大きな経済的対価を払っていますよね」

夏希の言葉に織田はうなずいた。

「ドローンの価格だけでも、安く見て数十万円から一〇〇万円くらいにはなるでしょう」

あっさりと織田は言った。

「それだけの対価に見合う利益を浦島太郎は得ているでしょうか。精神的なものだけでいいのです。自己満足な勝手なものでもいい。ですが、彼はそれだけの満足感を得ているとは思えないのです」

夏希の言葉には熱が籠《こ》もってきた。ぼんやりと考えていたことが言葉にしているうちに、はっきりしてきた。

「つまり、真田さんは、浦島太郎の犯行は終わっていないと？」

小早川管理官が驚いたように言った。

「はい、わたしには先ほどのパフォーマンスが終局とは思えないのです。言ってみれば、あれは前奏曲というか……。本番はあれではないような気がしています。もっとはっきり言えば予告編の可能性があります。本番はこれではないと思えてならないのです」

これは夏希の感覚に過ぎない。論理的な根拠があるわけではない。

「なるほどねぇ」

小早川管理官は鼻から息を吐いた。

「そうですね、僕も今回の犯行は、あまりにも目的があいまいで、犯罪としてのコストパフォーマンスがよくないと感じています」

口もとに皮肉な笑みを浮かべて織田は言った。

「コストパフォーマンスですか」

織田の表現はおもしろかった。経済犯罪ではなく、犯罪経済ということか。

「まぁ、いま思いついたのです……さらに、今日の事件ではっきりしたことがひとつあります。浦島太郎には確実に協力者がいるということです。まず第一に、高島水際線公園やポートサイド公園付近の人目につかない草むらのなかにドローンを一〇〇機以上隠すためには、少なくとも数人の力が必要になるはずです」

織田はきっぱりと言い切った。

「さらにリーダーというか、設置した数人に対して指示を出した人間もいるはずですね」

夏希の言葉に織田は大きくうなずいた。

「そうです。いくらひと目につきにくい場所だと言っても、統制が取れていない人間は静かに行動することができません。不自然に思われて通報などされてはまずいです。必ず指示命令をした人間がいると思われます。昨夜などにドローンは設置したはずですが、誰にも知られずに草むらに隠すのは、それなりに大変だったことでしょう。やはり指示役がいないと無理ですね」

織田は考え深げに言った。

そのとき、着信を示すアラートの音が鳴り響いた。

「織田部長、メールの着信です」

連絡要員の一人がこわばった声を出した。

夏希もあわててPCの画面を覗《のぞ》き込んだ。

——神奈川県警の諸君。浦島太郎の《Yアリーナ横浜》の『コムローイ』ランタン・ショーはいかがだったかね。午前中の金太郎による《ランド・マリン・タワー》のノンストップ・サバイバーに参加した警察官たちにもおおいに楽しんでもらえたことと思う。我々が県内のさまざまなインフラに対して大きな力を持っていることが理解できただろう。今夜はさらに、桃太郎が次なるインパクトをお与えしよう。楽しみに待っていてくれたまえ。では、明朝。

桃太郎

久しぶりにメッセージを送ってきたのが桃太郎だったことに夏希は驚いた。

例によって硬い調子で、若干しゃちほこばった文体だった。

しかも、犯行予告をしているではないか。

「桃太郎か……ヤツはなにをするつもりなんだ」

佐竹管理官が乾いた声を出した。

「とにかく、《ランド・マリン・タワー》の件と、今回の《Yアリーナ横浜》の件を指摘して、さらに桃太郎自身が次なるインパクトを与える行為を予告しています。バラバラだった彼らの犯行がひとつの方向に流れ始めたということもできます……真田さん、とりあえず返信をお願いします」

夏希の顔を見て織田は命じた。

「あくまで、とりあえずの返信になります」

答えながら夏希はキーボードに向かった。

桃太郎は、例によって主観的な感情があまり見られない文体を使っている。ひと言で言えば金太郎や浦島太郎よりは他人行儀な態度を見せているわけだ。夏希もあまり感情的にならないようなメッセージを送ろうと考えた。とは言え、次の犯行は止めなければならない。


——桃太郎さん、こんばんは。かもめ★百合です。あれから、金太郎さんの《ランド・マリン・タワー》のエレベーターの件や、浦島太郎さんの《Yアリーナ横浜》でのランタン・ショーの件をしっかり確認しました。あなた方の実力には驚きを隠せません。これからあなたはなにをやろうとしているのですか？　わたしたちがなにをすれば、桃太郎さんは思いとどまってくれますか？　あなた方がなにを求めているのかがわかりません。もし、わたしたちに望むことがありましたら教えてください。

かもめ★百合

夏希はキーボードから指を離し、画面を見ながら文面を確認した。

「それでよろしいと思います。送信してください」

織田の指示に夏希はマウスをクリックした。

しばらく反応はなかった。

夏希も織田もほかの捜査員も誰もが返信を待った。

やがて講堂に単調なアラーム音が鳴り響いた。

――かもめ★百合くん、回答をありがとう。いまのところはとくに要求することはない。また、これからお目に掛けることをやめる予定もない。まずは心からのプレゼントを受けとってくれ。明日の朝には届くことと思う。では。さらばだ。

桃太郎

桃太郎との会話を終えたくなかった。夏希はあわてて次のメッセージを打った。

――ちょっと待って！　あなたの要求があれば教えてください。わたしたちには対応する用意があります。思いとどまって頂きたいです。どうか答えてください。

かもめ★百合

だが、夏希の呼びかけに対する桃太郎の答えはなかった。

三〇分経っても、一時間経っても桃太郎は返信をよこさなかった。

「ダメみたいです」

冴《さ》えない声で夏希は言った。

「この文面からすると、桃太郎は明日の朝までなにも言ってこないでしょう。目的ははっきりしませんが、桃太郎もなんらかのデモンストレーションを計画している。それを行うまではメッセージはよこさないと思われます」

織田は考え深げに言った。

「しかし、いままで存在のはっきりしなかった桃太郎が、犯行予告という手に出ましたね」

小早川管理官の声には力がこもっていた。

「金太郎、浦島太郎、桃太郎と三人いるってことは間違いないな。ロクでもない連中がなんで雁首《がんくび》揃えたものか」

佐竹管理官が苦々しげに言った。

「この三人は実在すると考えるべきでしょう。でも、真田さんが指摘していたようにはっきりとしたグループと考えてよいかどうかは判然としないですね。桃太郎ははたしてほかの二人のリーダーなのでしょうか。桃太郎は金太郎や浦島太郎の行為について触れましたが」

織田は首を傾げた。

「桃太郎が、金太郎や浦島太郎のリーダーと考えてよいのかは、相変わらずわたしにはわかりません。いままで三人から受けたメッセージを考えてみても、三人の関係は少しも把握できません。やはりいまの段階では、彼らがグループというほどの強いまとまりを持った集団でない可能性は否定できません」

三人とももう少し情報を出してほしいというのが、夏希の本音だった。

金太郎と浦島太郎は言葉数は多いが、肝心なことを話そうとしない。

桃太郎は一方的に情報を伝えるだけという性質がある。

「いずれにしても、次の桃太郎の行動を待つしかなさそうですね」

織田は顔を曇らせた。

外へ出ていた捜査員が次々に引き揚げてきた。

午後八時に捜査会議が始まった。

幹部席には指揮本部長の織田刑事部長と、副本部長の丸山署長が並んでいた。

管理官席が増設されて、佐竹管理官と小早川管理官が顔を揃えていた。

石田と小堀も夏希の後方に座っている。講堂の最奥あたりには加藤の姿もあった。

「では、各担当からの報告を聞く。まずは《ランド・マリン・タワー》の件についてはどうだ？」

佐竹管理官が各担当者に報告を求めた。

「サイバーセキュリティ対策本部からの連絡を受ける担当です」

捜査一課の若い私服捜査官の女性がすっと立ち上がった。

「現在、わかっていることを話せ」

「はい、技術支援課の担当者は《ランド・マリン・タワー》のエレベーターの異常動作が何者かによるクラッキングであることを確認できたとのことです」

きりっとした声で女性は答えた。

「やはりクラッキングなんだな？」

佐竹管理官は女性捜査官の顔を見て念を押した。

「はい、エレベーターのコントロールシステムについてクラッキングの痕跡《こんせき》が発見できたとのことです。前回、桃太郎を名乗る犯人が提示したプログラム、つまり《ヨコハマスカイキャビン》のクラッキングに使われたプログラムとも類似性が見られ、まず同一犯のしわざと考えられるとのことです」

女性捜査官は歯切れよく答えた。

「そうか、やはりスカイキャビンのゴンドラと同じ犯人の仕業というわけだな」

やわらかい声で佐竹管理官は言った。

あのエレベーターは金太郎がコントロールしていたものと考えるしかなさそうだ。

「で、発信元は明らかになったのか」

小早川管理官が横から訊《き》いた。

女性捜査官は表情を曇らせて口を開いた。

「残念ながら、発信元については……国内か国外かも辿《たど》ることができていないそうです。技術支援課では現在もクラッキングに用いられたデータを解析中ですが、本日の件も、昨日の《ヨコハマスカイキャビン》の発信元も発見できてはいません」

「そうか……ご苦労」

小早川管理官は唇を引き結んだ。

さっとあごを引いて女性捜査官は座った。

「ところで、小早川さんたちが追いかけていた、真田と対話していた三人の発信元はわかったのか」

いくぶん皮肉っぽい口調で佐竹管理官が訊いた。

警備課の面々は、夏希と県警相談フォームで対話していた金太郎、浦島太郎、桃太郎がメッセージを発したIPアドレスを辿る作業をしていた。

「残念ながらいまのところ判明していません。表面上に見えているIPアドレス上でも三人は別のものを使っているようですが、これは何重かの手段を使ってIPが秘匿されています」

顔をしかめて小早川は答えた。

「というわけで、ネット上の捜査はあまり進んでいない。次に《ランド・マリン・タワー》周辺での聞き込み捜査を担当している者、報告を」

佐竹管理官の言葉に従って三〇代後半くらいの私服捜査官が立ち上がった。

「エレベーターの異常作動の前後に《ランド・マリン・タワー》の展望フロアにいた人物全員の捜査を行いましたが、不審と思われる人間は発見できませんでした」

男性捜査員はさっと座った。

「続けて午後四時過ぎに《Yアリーナ横浜》付近で発生した多数の飛行物体が飛翔《ひしょう》し爆発した事件についての報告を。石田、おまえは海から現場に行って直接見てきたんだな」

佐竹管理官は、中ほどの席に座っていた石田に訊いた。

「はい、空に多数の発火物あり、という一一〇番通報直後に警備艇で現着しました。飛行していた物体は超小型のドローンと思われます……」

立ち上がった石田は、夏希が自分の目で見ていた状況をすらすらと説明した。

石田は正確に報告した後に座った。

「警備艇とは別に地上から現場に行った者、報告を」

佐竹管理官の言葉に四〇歳くらいの体格のいい私服捜査員が立ち上がった。

「捜査一課強行七係の中沢《なかざわ》です。《Yアリーナ横浜》付近でドローンが空中を飛んでいるとの通報を受け、Yアリーナ至近の高島水際線公園付近を戸部署が、帷子川の対岸である左岸のポートサイド公園一帯を神奈川署が捜索しました。さらに我々捜査一課も両岸に分かれて捜索いたしました。結果として爆破されて落下したドローンの破片を相当量回収し、現在、両所轄の刑事課鑑識係で解析しております。完全個体は残っていないものの小電力電波通信を用いてコントロールしたものと推察されています。鑑識の話ではおそらく一般的にＷｉ－Ｆｉやコードレス機器などでも用いられる二・四GHzか五・七GHzの電波によるものだろうということです。従って現場付近でドローンをコントロールしていた者がいるはずなのですが……」

最後は沈んだ声になって中沢は説明した。

「目撃証言が取れれば解決にぐんと近づくんだがな」

佐竹管理官が悔しそうな声を出した。

幹部席で織田も丸山署長もうなずいている。

「しかし、目立たないような工夫をすれば、クルマのなかからもコントロールできるそうです。いまのところコントロールしていた者の有力な目撃証言は見つかっていません」

冴《さ》えない声で中沢は答えた。

「ドローンを設置していた人物等の目撃証言は見つかっていませんか」

きらりと織田の目が光った。

「実はそれについては数人の目撃証言があります」

とつぜん中沢の声に力が戻った。

織田と佐竹管理官は顔を見合わせた。

「詳しく話してください」

やんわりと織田は話の続きを促した。

「はい、実はドローンの個体百数十機が準備されたのは、本日の午後なのです。設置した場所はYアリーナ側ではなく、左岸のポートサイド公園側です。帷子川沿いの岸辺の緑地に、今日の午後一時頃から二時間ほどを掛けて数名の人間により設置されたそうです」

中沢は目を瞬《しばた》きながら答えた。

「どんな連中なんだ？」

佐竹管理官は中沢を睨《にら》むようにして訊いた。

「それが……事業者のような……つまりは作業員と思わしき五、六名の男性だったそうです。年齢的には三〇代から五〇代くらいだったとのことです」

淡々と中沢は答えた。

「作業員だと？」

裏返った声で佐竹管理官は念を押した。

「はい、全員がそろいの薄緑色の作業ジャンパーを着ていて、白い工事用ヘルメットを着用していたとのことです。しかも、ジャンパーの胸やヘルメットには会社の名前も入っていたそうです。さらに、一人が現場監督らしく……タブレットでなにかの図面を見ながら、ほかの作業員に指示していたようです。どう見ても業者の作業に見えたとのことで……」

自分のせいでもないのに、中沢は気まずそうな顔で説明した。

「業者の作業だと……バカな」

佐竹管理官は苦り切った声を出した。

「目撃者は近隣のタワマンの住民やオフィスビルに勤めている人たちなのですが、誰もが、これから開催されるイベントの準備だと思って怪しむことはなかったそうです。ちなみに神奈川署の地域課のパトカーも近くを一回巡回していますが、とくに不審な行動の者は見かけていないと報告しています」

はっきりした声で中沢は説明した。

「神奈川署はずいぶんぼんやりしてるじゃないか」

いまいましげな声を出したのは、丸山署長だった。

「わたしは詳しいことは知らないのですが、設置作業中も誰からも警察に対する通報等はありませんでした。ドローンの設置場所は、パトカーのルートからはわずかに離れていて、神奈川署の地域課員は直接に現場を見ていません」

言い訳するかのような調子で中沢は答えた。

「まぁ、神奈川署の地域課が気づかなかったのは、それだけ自然な設置だったということでしょう」

織田がなだめるように言った。

ちょっと肩をすくめて丸山署長はうなずいた。

「ドローンを現場付近に運び込んだのもキャブオーバーの箱バンです。こちらにも事業者の会社名が書いてあったそうですが、いまのところ、その会社名を覚えている目撃者は出てきていません。この会社が実在するのか、いったい何者なのかもわかってはいません」

悔しそうに中沢は言った。

「下請けなのではないのでしょうか」

織田が声を発した。

佐竹管理官も中沢もいっせいに織田を見た。

「どういう意味ですか」

丸山署長が目を見開いて訊《き》いた。

「文字通りの意味です。わたしはビデオ映像を見ていただけなので断定はできません。しかし、あれだけのイベントとなると事前準備は相当にきちんとやらなければならないと思います。彼らはそうしたイベント準備のプロ業者なのではないでしょうか。たとえば、手際よく一〇〇機や二〇〇機のドローンを設置することなどは素人には困難でしょう。しかし、プロの業者が犯人たちから仕事の依頼を受けて、報酬をもらっていた。とすれば、これはなんでしょうか？」

いくぶんおどけたようにも聞こえる織田の声だった。

「仕事……でしょうか」

織田の顔をじっと見て丸山署長は言った。

「その通りです。彼らは仕事をしたのです。わたしは実行行為を行った数人は現場監督に率いられたプロ集団ではないかと考えています。しかも、彼らは自分たちの請けた仕事が犯罪とは思っていない可能性もあります。目撃者が見たとおり、彼らは現場監督の指揮により整然とドローンの設置を行っていったのでしょう。そこには自分たちの行為が犯罪だという意識はなかったのではないでしょうか。だからこそ堂々と仕事ができたのです。言ってみれば、これは犯罪行為の下請けです」

まじめな声に戻って織田は答えた。

「部長、犯罪の下請けだなんて……そんな」

丸山署長が眉根《まゆね》を寄せた。

夏希は織田の考えに賛成したい気持ちだった。

今回の桃太郎、金太郎、浦島太郎が引き起こしている事件は、いままで夏希が扱ってきた事件とははっきりとした違いがある。

桃太郎と金太郎、浦島太郎の結びつきもはっきりしない。浦島太郎が企画したと思われるドローン事件の準備をしていた人々が、単なる下請けだとしてもなんの不審もなかった。むしろ、彼らが犯罪の全容などを知っているはずがないと思った。織田が言うように、彼らは自分の仕事をしていただけなのだろう。

「設置した彼らの行為については航空法をはじめ、違法な部分があるかもしれません。しかし、我々が第一に知るべきことは彼らの集団の犯罪ではありません」

織田はきっぱりと言って言葉を継いだ。

「もっとも大切なのは、彼らに仕事を依頼した人物が何者であるかということです。少なくとも、浦島太郎あるいは桃太郎周辺の人間であることは間違いありません」

言葉を切って織田は捜査員たちを見まわした。

「彼らと主犯たちとはどのような手段で連絡を取っていたのか、報酬の流れはどうなっていてどこの口座からどこの口座へ振り込まれたのかなど、主犯たちの存在に迫る情報が得られる可能性は高いですね」

小早川管理官が言葉に期待を滲《にじ》ませた。

「いずれにしても、このドローン設置事業者を明らかにしなきゃならんな」

眉間《みけん》にしわを寄せて佐竹管理官は言った。

「そうです、小早川さんや佐竹さんの言うとおりです。もう少し捜査員を投入して、ドローンを実際に設置していた事業者にどうしても行き着く必要があります。ただし、いま言ってきたとおり、それは主犯たちに辿《たど》り着くためです。では、佐竹さん。今後の具体的な捜査方針についてお願いします」

織田は佐竹管理官に話を振った。

「はい、あらたにドローン設置事業者の正体を摑《つか》む班を、捜査一課員を中心に設置します。明日の朝から彼らを目撃したという人々に再度詳しい聞き込みを掛けていきます。また、別の班を構成してコントロールしている犯人の目撃証言と周辺の防犯カメラ映像を追いかけます」

佐竹管理官は堂々たる発声で言葉を継いだ。

「この事件の残置物については戸部署と神奈川署の鑑識に解析してもらっていますが、手が足りないようであれば科捜研にも手伝ってもらいます。また午前中の《ランド・マリン・タワー》エレベーターの事件と、昨日の《ヨコハマスカイキャビン》事件については、居合わせた人の範囲を従業員などにひろげて、明日の朝から聞き込みをもう一度行います。さらに、この事件をはじめ各事件で使用されたプログラムについては、いままで通りサイバーセキュリティ対策本部に継続して解析してもらいます。県警相談フォームに送られてきたメッセージの発信元は、小早川さんたちにお願いしていいんだね？」

佐竹管理官は小早川管理官の顔を覗《のぞ》き込むようにして訊いた。

「はい、わたしたちが続けて特定に努めます」

小早川管理官が力強く答えた。

「よろしく頼むよ」

佐竹管理官は小早川管理官におだやかな口調で言った。

「では、班分けがすんだら、本日は連絡要員を残して捜査員は帰宅してもかまわないでしょう。皆さん、明日は八時半から会議を開きますので、よろしくお願いします」

織田の言葉で捜査会議は終了し、講堂内では班分け作業が始まった。

「真田さんも、今日はもう帰宅してください。ないと思いますが、犯人からのメッセージが入ったら連絡します」

やわらかい声で織田は夏希に声を掛けた。

「ありがとうございます。明日も朝から頑張ります」

織田の言葉に従って、夏希は帰宅することにした。

建物の外に出ると、まわりを取り巻く横浜港のきらびやかな夜景が目に沁《し》みた。

第四章　害悪の告知

【1】

翌日の八時三〇分に間に合うように、夏希は横浜水上署の講堂に到着した。

講堂のなかには、昨日の倍くらいの捜査員が集まっていた。

新たに投入された私服捜査員は後方の席に静かに座っていた。

指揮本部の態勢は昨日より拡充されている。

すぐに石田と沙羅が近づいてきた。

「真田さん、おはようございます」

沙羅が声を掛けてきた。

今日はライトグレーのパンツスーツを着込んでいる。長い脚にパンツのシェイプがよく似合っている。いつもながら沙羅のスタイルのよさは警察内では際立っている。

「二人ともおはよう」

夏希は明るい声を出すようにしてあいさつした。

「おはようっす。なにかあったみたいですよ」

石田はあたりに視線を泳がせながら声をひそめた。

「いったい、なにがあったの？」

調子を合わせて夏希も声をひそめて訊《き》いた。

昨日桃太郎が予告していた「次なるインパクト」や「心からのプレゼント」が実現されたに違いない。いったいどんなことがあったというのだろう。

「くわしいことはわかりません。そんなこと僕らみたいな下っ端にわかるわけないですから」

石田は首をすくめた。

「じゃあ、なんでそんなこと言うのよ」

夏希はいくらか尖《とが》った声で訊いた。

「だってね……前のほうに誰もいないじゃないですか」

石田は講堂前方にあごをしゃくった。

幹部席にも、管理官席にも人の姿はなかった。

「そりゃ、幹部はこれから入ってくるでしょうけど、佐竹さんも小早川さんもいないなんて変ですよね」

たしかに石田が言うとおり、ふだんは管理官は幹部の入室より前もって着席している場合が多い。

「そうか……なにか起きたから、織田さんたちと管理官たちが別室で相談してるのか」

夏希は空の席を見て言った。

「たぶんそんなことだと思います。どうせロクなことが起きてませんよ。もしかすると……」

いきなり石田は口をつぐんだ。

加藤が入ってきて、石田の隣に座ったのだ。

お得意のベージュのスーツを着ている。

「どうした？　続きを言えよ」

にやにやと笑いながら加藤は石田の肩をポンと叩《たた》いた。

「カトチョウ、捜一に来たんですよね」

質問には答えず、石田は加藤の異動について訊いた。

「そんなに嬉《うれ》しいか」

加藤は笑みを浮かべたままで訊いた。

「いや……まぁ、その……そうですかね。ははは」

石田は泣き笑いのような表情になった。

「なんだ、おまえ、全身で嫌がってんじゃねぇか」

石田の首を加藤は両手で絞めた。

「苦しいっ」

加藤の手を外そうと大げさに石田がもがいている。

以前夏希が、頭を叩くとバヵになるという話をしたので作戦を変えたのだろう。

「おまえが嫌がってるから、期間限定で江の島署に帰るよ」

へらへらと笑うと、加藤は石田から両腕を離した。

石田は自分の席で大きく息をついた。

隣で沙羅は声を殺して笑っている。

「加藤さん、今回は誰と組むんですか」

夏希はなんの気なく加藤に訊いた。

「なんだか相手が見つからないみたいだから、一人で捜査してるよ。佐竹管理官がＯＫしてくれてる」

のんきな調子で加藤は答えた。

佐竹管理官は加藤の実力を評価している。ある程度のワガママも認めているのかもしれない。

「だけどなぁ、なんかしっくりこないんだよなぁ」

加藤は眉根《まゆね》を寄せた。

「しっくりこない……」

夏希は加藤の顔を見た。

「いや、俺は今回の一連の事件はなんかヘンだと思ってんだよ」

加藤は気難しげに額にしわを寄せた。

「ヘンってどういうことですか？」

身を乗り出して夏希は訊いた。

「こんなこといまさら言うのもおかしいが……あたりまえだが、故意犯には動機がある。犯人にとって実現したい目的があるわけだ。この目的の満足のために犯人は犯行を実行する。だけど、今回の一連の事件は動機がさっぱりわからん。いままでの事件の動機はバラバラに見える。それに、昨日のYアリーナの事件なんて、業者を使っている可能性もあるんだろ。俺にしてみりゃ前代未聞だよ。それから、桃太郎、金太郎、浦島太郎の人間関係もちっともわからない」

さらに難しい顔になって加藤は口を尖らせた。

「表に見えているところと見えてないところの違いが大きすぎる……犯人はわざと一部の内容を見せて、肝心なところは隠してきたような気がする。今回の事件は気まぐれで実行されてるわけじゃなくて、ちゃんとした理屈に従っているような気がするんだ」

「どんな理屈ですか」

夏希は反射的に訊いた。

「わからない。だけど、そのうちわかるような気がする。だいたい今回の犯人は、最初に《ヨコハマスカイキャビン》に対する自分たちの犯行をごまかすために、あの中里さんって宅配ドライバーを使うなんて姑息《こそく》なやり方をした。いろいろといけ好かない野郎だ。けどなぁ、まだ情報量が足りなすぎる。とにかく、事件はこれからだよ」

加藤の言葉が消えぬうちに、どこかから「起立」の号令が掛かり、前方の出入口から織田部長と丸山署長の二人の幹部と、佐竹、小早川の管理官が入室してきて席についた。

捜査員たちは幹部や管理官の着席を待って椅子に座った。

「おはようございます。残念ながら、昨夜のうちに犯人たちは次の犯行に出ました。まずはこの写真を見てください」

織田の言葉が終わらないうちに、前方右側のスクリーンに一枚の写真が映し出された。

「えっ……」

夏希は驚きの声をもらした。

想像もしない写真だった。

まわりを芝生で囲まれたきれいに整地された公園内にある、コンクリートで丸い形が作られた円環状の池が写っていた。

この池の水面はわずかなさざ波が立っている程度で静まっている。

その水面にいくつもの白い物体が浮かんでいた。

死んだ魚がいくつも浮き上がっているのだ。

その数は何十匹もあって、いかにも不吉な景色に見えた。

夏希は不快感を抑えられなかった。

「写真のこの池はパシフィコ横浜の屋外エリアである臨港パーク内にある《潮入りの池》です。その名の通り、中心部から七〇メートルほどの距離で海とつながっていて海水を引き込んでいる入江状の人工池です。三〇年以上前に作られましたが、施設が老朽化してあまり使われなくなっていました。二〇二二年にリニューアルされて地元小学校の環境学習などにも使われているそうです。ところが、写真で見てわかるように今朝になって池にいた魚類が死んで死骸《しがい》が浮き上がっています。これらの魚は海から泳いで入っていた自然魚のハゼなどです。ですが、魚が死んだのは決して自然現象ではありません。昨夜のうちにこの池に何者かが毒物を混入したからなのです。この事件が発覚するまでの経緯を佐竹管理官、お願いします」

織田が視線を送ると、佐竹管理官が言葉を引き継いだ。

「早朝の海を見ようと付近を散歩していたホテル《ザ・ヨコハマ》の宿泊客が、魚の死骸に気づいて一一〇番通報した。六時一八分に通信指令課が受けて戸部署から地域課員等が急行し、池の異状について本部に連絡を入れた。本部刑事部からも鑑識課が出動して、採水して緊急検査したところパラコート系の成分が検出された。パラコートは除草剤の商標名だが、強い毒性があって、使用したことによる死亡例も存在する。『毒物及び劇物取締法』に於《お》いては毒物に指定されている。現在、立入禁止の態勢を敷いて戸部署の地域課員が立哨《りっしょう》している。一般市民は《潮入りの池》には近づけないようにして、被害が広がることを防いでいる。この後、管理者の横浜市が水質浄化の作業に取り組むとのことだ。もっとも時間の経過で池のなかの水が港の海水と入れ替われば、自然に毒は希釈されて最終的には問題がなくなるとのことだ。が、しばらくの間は市民を近づけるわけにはいかない」

佐竹管理官は硬い声で説明した。

「昨日、我々に予告をしていた桃太郎から今朝の毒物混入についてのメッセージが送りつけられてきました。つい一〇分ほど前のことです」

織田の厳しい口調に応じて、スクリーンの写真が切り替わった。

――昨夜のうちに、パシフィコ横浜の《潮入りの池》にわたし桃太郎がプレゼントを置いておいた。もう受けとってもらえたかね。そう、毒入りきび団子だ。このきび団子こそ、桃太郎が君たち無能な神奈川県警に与える次なるインパクトだ。

桃太郎

「なにを言ってるんだ」

「ふざけやがって」

「許せんな」

講堂内に捜査員たちの不規則発言が聞こえた。

「静かにしろ」

佐竹管理官の声が響くと、講堂内はさっと静まりかえった。

「このメッセージによって、《潮入りの池》における毒物混入が桃太郎を名乗る者の仕業であることがはっきりしました。昨日の予告に合致する内容です」

織田は眉間《みけん》に深いしわを寄せて言葉を継いだ。

「いまのところ人的被害は報告されていませんが、ひとつ間違えれば一大事になりかねない状況です。その意味でいままでに実行された三件よりはるかに悪質であると言うことができます。そうです。桃太郎は金太郎や浦島太郎よりも危険な人物である可能性が高いのです」

講堂内は針が落ちた音がわかるほどに静まりかえっていた。

咳《せき》をする者もいない。

「まだ詳しい報道が為されていませんが、毒物の混入は県民に大きな不安を与える犯行と言えます。我々神奈川県警としては一刻も早く桃太郎の正体を明らかにしてその身柄を確保し、県民の不安を解消する必要があります。我々はさらに厳しい責務を担うことになったのです。フェーズが変わって一段と困難になったことを、全捜査員が自覚する必要があります。県民の安心を取り戻すために、皆さん全力を尽くしてください」

織田は講堂全体を見まわして力強く言った。

講堂には張り詰めた空気が漂った。

夏希の心にも緊張が走った。

なにかが違う。

そう、金太郎のクラッキングや浦島太郎のドローン演出は自己満足的なカラーが強かった。

大きな被害を避けようという意思を感じた。

だが今回は、被害を受けそうな者に対して、桃太郎のそんな気遣いは感じられない。

たとえばハゼが死ぬほどの毒を池の水に混入して、早朝に子どもが摂取したらどんなことになるだろう。桃太郎はまったく無頓着《むとんちゃく》だ。金太郎や浦島太郎とは別種の人間のように、夏希には感じられてならない。さすがは織田だ。そのことをさっそく捜査員に告げている。

「捜査方針を変更する必要が出てきた。捜査一課と戸部署刑事課のそれぞれから指揮本部への参加者を増員した。全捜査員を四班に分ける。一班は捜査一課強行七係と横浜水上署刑事課を中心に《潮入りの池》周辺の地取り捜査を中心に行う。なんらかの方法によって犯人一味が池に毒を入れたことは間違いない。パシフィコ横浜周辺部で不審者を目撃した人がいないかを徹底的に捜す。一部の者は該当地域の防犯カメラの映像を集める。二班は捜査一課のその他の者を中心に犯人が使用したパラコート系の農薬を入手した者を農薬販売事業者を中心に捜索する。三班は戸部署刑事課を中心に昨日の《Yアリーナ横浜》近くのドローン設置業者を追う。最後に、四班は本部のサイバーセキュリティ対策本部と連携を続けながら犯人たちのネット関係の痕跡《こんせき》を解析する。小早川管理官がリーダーとなって警備部の職員を中心に班編制をしてもらいたい。小早川さん、いいかね」

佐竹管理官が小早川管理官に尋ねた。

「もちろん。サイバー関係は警備部を中心に担当を続けます。時間は掛かりますが、必ず成果を挙げましょう」

小早川管理官が自信ありげに答えると、佐竹管理官は強くあごを引いた。

「では、皆さん、力を尽くして頑張ってください」

織田は短い励ましの言葉で結んだ。

「では、捜査員は後方へ集まれ。班分けは捜査一課強行七係長と横浜水上署、戸部署の刑事課長が中心となって編制してくれ」

佐竹管理官の言葉で、ほとんどの捜査員が立ち上がって動き始めた。

やがて捜査員たちは次々に講堂を出ていった。

加藤は夏希にちょっと視線をよこして一人で講堂を出た。

石田と沙羅のコンビは夏希に手を振って颯爽《さっそう》と出ていった。

【2】

講堂には幹部と管理官、警備部の人間を除いては連絡要員などわずかな警察官だけが残った。

だが、指揮本部にいれば、各班で進展した捜査情報がすべて入ってくる。

事件全体を見渡すことができるはずだ。

「真田は、便宜上四班ということになるな」

夏希の顔を見ながら佐竹管理官は言った。

便宜上という言葉に含まれているニュアンス通り、夏希はいつだって一人で仕事をすることになる。今回もその点に変わりはない。

「歓迎です。真田さん、一緒にやりましょう」

小早川管理官がはずんだ声で言った。

「はい、よろしくお願いします。まずは桃太郎への返信ですね」

夏希は全員に向かって言った。

「そうですね、桃太郎がいったいなにを考えているのか、それを少しでも知りたいです」

悩ましげな表情で織田が言った。

夏希はうなずいてPCの画面を見てキーボードを打った。


——桃太郎さん、おはようございます。かもめ★百合です。あなたが臨港パーク内の《潮入りの池》で行った結果の画像を見ました。魚がたくさん死んでいました。警察で調査したところ、池にパラコート系の農薬が投入されていたことがわかりました。あなたが警察に与えたインパクトは大きいです。農薬が幼い子どもに被害を及ぼすことをわたしは恐れています。現在は池付近は警察官によって立入禁止にしていますので、危険はありません。ですが、桃太郎さんは、なんのために人々を危険にさらすような行為をするのですか。あなたの真の目的をわたしは知りたいです。

かもめ★百合

「ちょっと感情的なメッセージになってしまいました。でも、桃太郎の心情がわからないからには、わたしとしては桃太郎に寄り添うことはできません」

夏希は織田の顔を見て毅然《きぜん》として言った。

対話の相手の寄り添うべき心理を探して、それをじゅうぶんに理解することが大切なのだ。

寄り添うとは相手に媚《こ》びを売ったり迎合したりする態度とはまったく違う。

「このメッセージでよいと思います。現在のところ、桃太郎に同情すべき点は見出《みいだ》せません。真田さんの言うように寄り添うことはできないと思います。僕たちは警察官として言うべきことは言わなければなりません。送信してください」

織田もまた夏希と同じ考えのようだ。

佐竹と小早川の両管理官もうなずいている。

「ありがとうございます。では、これで送ります」

夏希はマウスをクリックした。

しばらく返答はなかった。

夏希のメッセージに対して、桃太郎はどんな感情を持ったのだろう。

講堂内には自分たちの作業を続ける警備部のメンバーのキーボードを叩《たた》く音が響き続ける。

着信を告げるアラート音が響いた。

「来ましたね」

小早川管理官の声が響いた。


——おはよう。かもめ★百合くん。桃太郎だ。優秀な君がメッセージを送ってくれて嬉《うれ》しいよ。さて、今朝は《潮入りの池》のパフォーマンスで、我々が持つ力をさらに深く理解できただろう。最初に述べたとおり、我々はさまざまな分野で卓越した力を持っている。いままでの我々の犯行を、ここで一度振り返ってみたいと思うが、いかがだろうか。

桃太郎

とりあえずは生な感情を感じさせないメッセージが返ってきた。つまり、いままでの桃太郎の雰囲気そのままだ。しかも自分たちの行為を「犯行」と言って開き直っている。

しかし、なんのためにいままでの犯罪行為を振り返ろうというのだろうか。しかし、桃太郎が言い出したからには必ずしっかりとした意味があるような気がする。

――わかりました。振り返ってみましょうか。まずは一昨日の《ヨコハマスカイキャビン》と、続けて昨日午前中の《ランド・マリン・タワー》の展望エレベーターの件ですね。両方とも運営者がコントロール権を奪われて、人が乗るゴンドラやカゴが停止しなくなりました。この二件は運行システムに対するクラッキングによるものと思われました。あなた方が仕掛けたもので間違いないですね。

かもめ★百合

――ともに仕掛けたのは金太郎だ。どうだね、非常に優秀なクラッキングプログラムだろう。一昨日、こちらでプログラムの一部を提示したが、きちんと確認できたはずだ。

桃太郎

――はい、提示されたプログラムによって《ヨコハマスカイキャビン》がクラッキングされたことは確認しました。もう一度訊《き》きますが、金太郎さんが作成したプログラムなのですね。

かもめ★百合

——その通りだ。金太郎はスゴ腕のクラッカーなのだ。君たちはクラッキングに使われたプログラムの侵入元を調べているはずだ。ロープウェイやエレベーターの運行システムに金太郎がどこから侵入したかわかっているかね？　どこの国の、なんというサーバーから金太郎は犯行に手を着けたのか。君たちは摑《つか》んでいるのかね？

桃太郎

そんな話は聞いていない。夏希が織田の顔を見ると、ゆっくりと首を横に振った。

「彼らの発信元について、いまのところ、我々はなにひとつ把握できていません」

冴《さ》えない声で織田は言った。

——残念ながら、現時点では摑んでいません。

かもめ★百合

——いまわたし自身がメッセージを送っている発信元も追いかけているはずだ。だが、いまだに我々がどこから呼びかけているかも摑んでいないに違いない。どうかね？　桃太郎がいまどこから君に呼びかけているか、それすらもわからぬ体たらくだろう？

桃太郎

「くそっ、いい気になってるな。桃太郎のヤツめ」

小早川管理官が歯噛《はが》みした。警備部チームははかばかしい成果を挙げることができずにいる。夏希は情けない答えを繰り返すしかなかった。


——いいえ、わかりません。　　かもめ★百合

——ははは、そうだろう。君たちはなんの成果も挙げてはいないのだ。IT関連の技術では、君たち神奈川県警は我々にまったく及ばないことを自覚すべきだ。金太郎がその気になりさえすれば、もっとはるかに危険な行為だって可能だ。君たちは金太郎がどんな力を持っているか認識しなくてはならない。　　桃太郎

「桃太郎め、言いたい放題ですね」

小早川管理官は不愉快そうな声を出して腕組みをした。

「仕方がないだろう。サイバーについては警察庁だって、どこの都道府県警だって犯罪者に勝てないことは珍しくはない。サイバー犯罪は仕掛けたほうが絶対に有利なんだ。

守る警察は不利なんだからね」

丸山署長が諭すように言った。

「まぁ、署長がおっしゃるとおりなんですけどね」

顔をしかめて小早川管理官は答えた。

桃太郎が自慢するとおり、金太郎のクラッキング技術を警察は破ることができていない。桃太郎が言うように、金太郎のクラッキング技術ならもっと危険なこともできるだろう。

夏希の判断では、金太郎にははっきりとしたマニック・ディフェンスの傾向が認められた。この躁《そう》的防衛に陥っていると、自己の制御に問題が出る場合もありうる。その意味でも危険視すべき存在であることは間違いがないが、桃太郎に話すべき内容でないのはあたりまえだ。

桃太郎になにを返答すべきか考えていると、着信アラート音が鳴り響いた。


——さて、話を進めよう。昨日の午後、浦島太郎が君たちに素敵なプレゼントを贈ったと思う。県警は帷子川沿いの《Yアリーナ横浜》を背景にした華麗なる光のショーは楽しんでくれたかね？

桃太郎

ずっと続いている桃太郎の文体ははっきりとした個性が感じられるようになってきた。持って回ったような気取った言い回しと、会話文は用いず文章でしか使わないような言葉選びが特徴である。一般的に解析すれば、プライドが高い人物だと考えられる。プライドが高く見える人物は、本質的には自分に自信がないことが多い。だからこそ、他者に対して強気の態度を見せ続ける。

桃太郎はまた、夏希のメッセージに対してはほとんど時間をおかずに即答している。この点からは頭の回転が速く、文章を書くことにも長《た》けていることが感じ取れる。

――はい、驚きました。わたし自身が警備艇に乗り込み、帷子川から見ました。とても美しくどこかはかない光のショーでした。ドローンを使ったようですが、すべて爆破されて消滅してしまったのですね。あれは浦島太郎さんが演出したものなのでしょうか。

かもめ★百合

――素晴らしいショーだっただろう。もちろん浦島太郎が演出して実現したものだ。見ていた君には理解できるはずだが、ドローンの各個体が飛び上がり空中を浮遊して爆発して消滅するまでが演出だ。浦島太郎の演出は大変に美しかったと思う。

桃太郎

——では、あの無数のドローンは浦島太郎さんがコントロールしていたのですか？

かもめ★百合

——そうだ。浦島太郎はドローンのプロだ。コントロールについても卓越した技術を持っている。さらに浦島太郎は火薬の技術も持つ。あのようにドローンを自爆させて消滅させることもいともたやすくできる。どうかね、浦島太郎の実力が理解できたかね。

桃太郎

あれだけのドローンを意思通りにコントロールするのは容易なことではあるまい。夏希には異論がなかった。


——ドローンばかりでなく、爆破についても浦島太郎さんは専門的な知識を持っているのですね？　浦島太郎さんはすごい知識を持っているのですね。

かもめ★百合

夏希は念を押した。浦島太郎はいったいどんな前歴を持つ人物なのだろうか。

——そうだ。浦島太郎は特別な人物だ。昨日のショーは浦島太郎が持つ高い技術のデモンストレーションに過ぎない。浦島太郎の力をもってすればはるかに危険なことができる。君たち県警の諸君は大いに注目し警戒すべきだ。わたしはその事実を強調したい。

桃太郎

——心に留め置くようにします。ところで、あのイベントには、ドローンの設置等の作業について、下請けの事業者がいたようですが。間違っていますか？

かもめ★百合

——浦島太郎を手伝う者たちはいた。彼らの力なくしてはあのようなショーはなし得ない。

桃太郎

——その人たち、下請けの事業者は報酬を与えて雇った民間の会社の人たちなのですか？

かもめ★百合

——もちろん、そうだ。彼らは専門事業者だ。日頃から実際にイベントの計画と実行を補助する仕事をしている。浦島太郎からの指示によってさまざまな下請け仕事をした。

ある程度の人数が具体的に動かなければ、昨日のような大がかりなショーは実現できない。もちろん相応の報酬は支払っている。

桃太郎

――先ほど、あなたは自分たちの行為を犯行と呼んでいました。たとえば浦島太郎さんが演出したドローンを用いたあのショーも航空法や小型無人機等飛行禁止法など、いくつかの法律に触れる可能性はあります。あなたたちが雇った人たちは自分が犯罪行為の下請けをしているという意識は持っていたのですか？

かもめ★百合

――君がそんなに愚かな質問をするとは思っていなかった。我々は犯罪者だ。金太郎も浦島太郎もわたし桃太郎もそうだ。下請け業者に自分たちの行為に対する犯罪の意識があったかどうかなど知ったことではない。そんなことは犯罪者に訊《き》くべき質問ではないだろう。君たちが勝手に調べればいい。

桃太郎

「桃太郎、怒っちゃいましたね。短気なヤツだな、まったく」

小早川管理官は口を尖《とが》らせた。

「自分たちの力を大きく見せたいと思っているでしょうから、桃太郎にとって報酬を出して下請けを雇ったことはあまり触れてほしくない内容だったのでしょう。そこをわたしがいつまでも訊いているから機嫌が悪くなったんですよ。まぁ桃太郎の言葉にもうなずけるところはありますよ。犯罪者に訊くべき質問じゃないですね」

夏希は苦笑せざるを得なかった。

着信アラートの音が鳴った。


——すでに、金太郎と浦島太郎の実力はじゅうぶんに理解できたものと思う。さて、最後にわたし自身の話をしよう。わたし桃太郎は《潮入りの池》にきび団子を撒《ま》いた。君たちが調べたとおり、きび団子はパラコート入りだ。だから、ハゼなどの魚が白い腹を見せて浮かぶことになったのだ。自己紹介が遅くなったが、わたし桃太郎は薬物毒物の専門家だ。従って、毒物によって《潮入りの池》のようなかたちで多くの生物を殺すこともできる。わたしはほかの二人とは違った特技を持っているというわけだ。これで三人とも最凶悪犯のスキルがあることが理解できたことと思う。

　　　　　　　　　　　　　　　　桃太郎

桃太郎が対話を続ける理由が夏希にははっきりとわかってきた。桃太郎は自分たち三人が協力しその気になれば凶悪な犯罪を実現できることを、夏希を通じて神奈川県警に誇示したいのだ。つまり、金太郎による《ヨコハマスカイキャビン》や《ランド・マリン・タワー》のクラッキングも、浦島太郎による帷子川のドローン・ショーも、桃太郎自身による《潮入りの池》の毒物混入も、すべては凶悪犯罪の見本……デモンストレーションなのだ。

——桃太郎さん、金太郎さん、浦島太郎さんが高い能力を持つことはじゅうぶんに承知しています。さらに、その能力で人々を傷つけていないこともわかっています。あなた方は危ないところで留《とど》まっていると思います。そうです。あなたがたは瀬戸際にいるのです。もう、こうした危険な行為はやめてください。やめれば、あなたたちの責任はそんなに大きなものとはなりません。いま引き返せばあなたたちは比較的軽い刑罰しか科されることはないと思います。お願いです。人々に不幸を呼ばないでください。あなたたちも不幸にならないでください。

かもめ★百合

いつも無駄に終わる説得だが、夏希はあきらめずに桃太郎の良心に訴え、進むことの愚と引き返すことの益を必死に説いた。

——ははは、君はまたも愚かなことを言っているな。それでは時間を掛けてわたしたち三人が凶悪スキルを演じ続けている意味がないだろう。先ほどかもめ★百合くんは『なんのために人々を危険にさらすような行為をする』かを訊いていたな。ここでその答えを示すことにしよう。

桃太郎

――教えてください。わたしは桃太郎さんの本当の目的が知りたいのです。

かもめ★百合

夏希の胸に期待が湧き上がった。

――ああ、教えようとも。いいかね、わたしは要求する。今晩の午前〇時までに次に指定するイーサリアムの口座に、仮想通貨の一〇〇イーサを振り込みたまえ。もし支払わなかった場合には、金太郎のクラッキング技術、浦島太郎のドローン&爆破技術、それにわたし自身の毒物技術を用い、県民を危地に陥れる。多くの神奈川県民の生命が危険な状態となるだろう。午前〇時までにＥＴＨ《イーサ》の入金が確認できたら、君の言うとおりここから引き返してやる。恐ろしいことはなにも起きないだろう。しかし入金を確認できなかったら、我々は神奈川県民の飲料水に毒物を混入する。何百人いや何千人の神奈川県民が死ぬことになる。明日の朝には《潮入りの池》のハゼのように、どこかに県民の死体がいくつも浮かぶだろう。


続けて口座番号らしき数字が並んでいた。

「そ、そんな……」

画面を見ながら夏希はかすれた声を出した。

「飲料水に毒物だと……なんということだ」

佐竹管理官は低くうなった。

「卑劣だ。許せんな」

丸山署長は怒りの声で腕組みをした。

「こんな脅しに出るなんて……ひどいヤツらだ……」

小早川管理官は途切れ途切れに悲痛な声を上げた。

「これが目的だったのですね」

画面に目を置いたまま、織田は静かに言った。

「神奈川県の飲料水となると、水道というわけですか」

佐竹管理官は厳しい顔つきで言った。

「脅迫を信ずるとすれば上水道でしょうね」

沈うつな表情で織田は答えた。

「上水道に毒物を混入することなどできるのでしょうか」

覆《かぶ》い被せるように佐竹管理官は訊いた。

「神奈川県の上水道の水は、約九割が山中湖《やまなか》を源とする相模川《さがみ》と酒匂川《さかわ》から得られていますが、端的に言って不可能だと思います」

織田はきっぱりと言い切った。

そうだろう。上水道に簡単に毒など入れられてはかなわない。

「いくらドローンをダムの上などに飛ばして湖水に毒を投げ込んでも、その水がそのまま水道に流れるわけではないですからね。だいたいタンクローリーで毒を流し込んだとしても湖水で希釈されて健康被害などは出ないでしょう」

小早川がいくぶん興奮した声で言った。

「そのとおりだと思います。津久井湖《つくい》、宮ヶ瀬湖《みやがせ》、丹沢湖《たんざわ》など水源地の取水口に有効量の毒物を混入させるなど軍隊規模の作戦でなければ不可能でしょう」

織田は淡々とした口調で言った。

「しかし、水道水が家庭に届くまでには、長い工程があるでしょう」

丸山署長は眉《まゆ》をひそめた。

「はい、浄水場や配水池、原水調整池など数多くの施設が存在しますが、いずれも水源地以外で地表に現れている水面はないと言ってよく、取水後の水質の管理は完全に近い状態だと考えます。この件については佐竹さん、神奈川県企業庁と横浜市水道局、川崎《かわさき》市上下水道局へ電話して脅迫内容について連絡してください。同時に県下の上水道に毒物などを混入できる可能性があるのかを確認してください」

織田はてきぱきと指示した。

「わかりました。すぐに企業庁の担当部署に連絡を入れます」

佐竹管理官は力強く答えた。

「では、現実的には、桃太郎の脅しは実現しそうにないのですか」

夏希は織田の顔を見て訊《き》いた。

織田は顔色を曇らせた。

「ただ、僕が心配しているのは、民間施設です。現在でも県内のマンション等の集合住宅には高架水槽や貯水槽といった給水施設が無数に存在します。これらの民間施設の管理状況はまちまちだと思います。もちろん、水道局による水質等検査を受けていますので一般的には問題がありません。しかし、桃太郎らが意図的に毒物等を混入させようと工夫をしたら防ぎきれない施設があることは事実です」

冴《さ》えない声で織田は手もとのＰＣのタッチパッドを操作した。

「たとえば、二〇一八年九月に大阪府に本社のある大手不動産会社が経営する賃貸マンションで起きた事件が参考になります。福岡県の賃貸マンションの受水槽の点検と清掃をある水道設備会社に委託しました。ところが、実際に作業に従事した設備会社の下請け業者の男性二人が清掃の際に受水槽に貯水されていた水道水のなかで泳いでしまったのです」

織田は顔を大きくしかめた。

「えーっ」

「そりゃあひどい」

丸山署長と小早川両管理官は、いっせいに叫んだ。

夏希の全身に不潔感が湧き上がって、身をすくめた。

大腸菌などによる健康被害が直ちに心配される。

「しかも、パンツ姿で泳いだシーンを友人が動画に収めて、『めっちゃ気持ちいい』などとコメントを添えてネット上の動画投稿アプリに投稿しました。一九年六月に大手SNSに転載されると一〇〇万回以上再生されてネット上では大騒動になりました」

織田はちょっと言葉を切った。

だが、夏希は詳しいことを知らなかった。

「なんというバカな連中だ」

丸山署長は苦り切った声を出した。

「いわゆる『バイトテロ』事案の典型でしたね」

小早川管理官は顔をしかめた。

ここ数年来、飲食店などでアルバイト従業員らが不適切な動画や画像を撮影して、SNSに投稿する悪ふざけが続く。承認欲求によるそんな投稿が大炎上を起こし、雇い主などが大きな経済的負担を強いられる事態をバイトテロなどと呼んでいる。投稿者本人はちょっとしたイタズラのつもりが、雇い主が倒産するようなひどいケースさえ存在する。

「そうですね。この場合には刑法一四三条の水道汚染罪と同二三四条の威力業務妨害罪の成立が考えられますが、福岡地検は二人を不起訴処分としました。民事について、受水槽の交換や給水管の洗浄、入居者への慰謝料などで大手不動産会社が一〇〇〇万円を超える金額を負担し、最終的には元請けの水道設備会社が負担しました。設備会社はこの騒ぎにより別の大手取引先から新規工事を打ち切られるなどして約八七〇〇万円の損害を受けたと主張しており、実行犯である下請けの二人に対して、損害額の一部の支払いを求めて民事訴訟を提起しています」

織田は淡々と説明した。

「いまさらですが、バイトテロは、本人たちが想起できない大問題を引き起こすだけに厄介ですね」

小早川管理官が嘆くような声を出した。

「仮に桃太郎が《潮入りの池》で利用した除草剤のパラコートを摂取すると、腎不全《じんふぜん》や消化管穿孔《せんこう》、肺線維症などの重篤な状態が引き起こされるおそれがあります。パラコートに対する解毒剤は存在しないため、治療は対症療法となるそうです。飲用した場合の致死率は八〇パーセント以上と非常に高いそうです」

暗い顔で織田は言葉を結んだ。

「ところで、一〇〇イーサというと、五〇〇〇万円くらいになりますか。なんだかこの手の犯人の恐喝金額としては高額とはいえ現実的ですね」

佐竹管理官は織田の顔を見ながら気難しげに言った。

夏希は仮想通貨の単位などはわからなかった。

「そうですね、だいたい五七〇〇万円前後でしょうか。仮想通貨のレートは大きく変動しますので簡単には言えませんが……もちろん恐喝の金額が高いことを喜ぶ警察関係者はいません。ですが、この金額は本気の要求と感じますね」

織田は画面から目を離して言葉を継いだ。

「この手の犯人は場合によっては金額を吊《つ》り上げてくる場合もあるでしょう。さらに厄介なのは、一度支払うと、次の要求をしてくることもあり得ますからね」

顔をしかめて織田は言った。

たしかに、夏希がいままで担当した恐喝事件で低廉なほうの金額の要求かもしれない。数億以上の要求額がふつうだった。

五〇〇〇万円は無理すれば行政が負担できない金額ではない。

「犯罪がらみの仮想通貨は入金した途端にほかの口座に移され、その後は転々と口座を変えてしまうケースが多いのです。結果として仮想通貨でこうした金額を一度支払ってしまうと取り戻すことはほぼ不可能です」

浮かない声で小早川管理官は言った。

「問題はどこが負担するかということでしょう。水道を担う神奈川県企業庁が負担するのかな……」

丸山署長が誰にともなく訊いた。

「それはあり得ないでしょう」

小早川管理官が強い調子で言葉を継いだ。

「そもそも犯人は、『県民の飲料水』としか言っていないです。神奈川県企業庁という名を出してもいない。また、横浜市や川崎市の水道は県営水道ではなく、それぞれの水道局が運営しています。そもそも予算の少ない神奈川県が負担しようという態度を見せるとは考えにくいです」

大きくうなずいて織田は口を開いた。

「そうですね、神奈川県は『テロには屈しない』という国際的な方針に反するようなことはできないと回答するはずです。また、今回のことで犯人側に成功体験を与えてしまい、同様の事件が今後続くようなことになるのだけは、どうしたって避けなければならない。警察庁は模倣犯の発生をなにより危険視すると思います」

いくつかのインフラに対する恐喝事案にかつては警察庁理事官として対峙《たいじ》した織田の言葉には説得力があった。

「現実の危険が増してきたら、政府や神奈川県は果たしてどういう態度をとるでしょうかね」

　小早川管理官が気遣わしげに訊いた。

「僕にはわかりません。政府と神奈川県で協議することになると思います。一時的にはひそかに犯人と妥協する可能性もあるかもしれません。ですが、最終的には我々が犯人を捕らえなければなりません」

　織田は厳しい声で言った。

「桃太郎に対して返信をすべきですね」

　さっきから夏希は気になっていた。

「そうですね、そろそろ返事をしましょう。現時点では形式的でいいです。警察内部や行政で協議をするので時間をくれと答えてください」

　冷静な声で織田は指示した。

「はい、わかりました」

　答えつつ夏希はキーボードを叩《たた》き始めた。


　――あなた方の恐ろしい要求にどのようにお返事していいかわからなくなっていました。我々はなによりも県民の安全を最優先に考えています。神奈川県警は県民の安全のためにどんな苦労も厭《いと》いません。しかしながら神奈川県警単独で要求された金額のご用意は不可能です。わたしたちは警察内部と政府、神奈川県知事部局とでしっかり話し合う必要があります。お返事をするためには、時間がかかります。まずはこのことを理解してください。

かもめ★百合

「こんな感じでしょうか」

今回の返答にはいささか気を遣う。夏希は織田に確認した。

「いいと思います。とにかくはっきりした答えはいま出すわけにはいきません。こんな返答になるでしょう。送信してください」

織田の言葉に、夏希はマウスをクリックした。

それほど間を置かずに着信を示すアラート音が鳴った。


――おいおい。たったの一〇〇イーサだぞ。六〇〇〇万円に満たない金額だ。それっぽっちの金額をケチって県民を危険にさらすつもりか。あんたらの頭のなかはどうなっているんだ。こっちはかなり譲歩してやってるんだぞ。払えない金額じゃないだろ？

桃太郎

卑劣な恐喝をしているくせに、強い上から目線の言いように夏希は腹が立った。

「なんて答えましょうか」

と、同時に、夏希は答えに窮して織田に頼った。

「今年度の神奈川県警のサイバー犯罪関連予算……サイバー犯罪対策費と情報収集機器整備費を合わせた総額が五八〇四万円です。一〇〇イーサと言えば、その全額に当たります。そんな金額でも教えてやればどうですか」

織田は自分のＰＣを眺めながら皮肉な声を出した。

「サイバー関連費は、そんなに少なかったんですっけ」

小早川が驚きの声を上げると、織田は渋い顔でうなずいた。

「ちなみに予算書の事業内容は『サイバー空間における犯罪に対処するため、人的及び物的基盤を強化する経費』となっています」

織田はさらさらと言った。

五八〇四万円では横浜市内のいい場所では大したマンションを買うこともできない。夏希が住んでいる戸塚区舞岡町のマンションの部屋は賃貸だが、もし仮に新築だとしたら、とてもそんな金額では買えないだろう。県警のサイバー犯罪関連予算の年間総額がそんなに少ないとは夏希も意外だった。

神奈川県警が警視庁と比べるとはるかに予算が少ないことは、夏希もしっかり感じてはいるのだが……。

――六〇〇〇万と簡単に言わないでください。大切な神奈川県民の税金です。ちなみに、神奈川県警の今年のサイバー犯罪関連予算は五八〇四万円です。あなた方が要求している金額です。とにかくしばらく時間をください。

かもめ★百合

──ははは、神奈川県警は貧乏だな。じゃあサイバー犯罪対策のPCを削ったらどうだね？　どうせ、神奈川県警にはわたしたちの発信元も辿《たど》れない無能なサイバー捜査員しかいないのだろう。金太郎が書いたプログラムもろくに分析できていないのではないか。それならPCを減らしてもたいした問題は起きないだろう。もともと機能不全なのだからな。

桃太郎

「くそっ、桃太郎めっ」

小早川管理官は奥歯を鳴らして歯嚙《はが》みした。

夏希の後ろに座っている警備部の面々からも舌打ちの音やため息が聞こえた。

なんだかサイバー捜査をしている警備部の面々には申し訳ないことになってしまった。

──とにかくあなた方の要求は神奈川県警では負担しきれません。ですので、政府、神奈川県知事部局と話し合う時間が必要です。しばらく時間をください。

かもめ★百合

――わたしはやさしい人間なので、県民の生命と引き換えにこのような低廉な金額の要求をしていることをマスメディアにも公表しない。公表されれば、君たちは困るだろう。たった六〇〇〇万に満たない金額で解決するのに、そんなわずかな金を惜しんで県民を危険にさらす気かと非難されるはずだ。もし、君たちの態度が気に入らないとき、または指定の午前〇時までに一〇〇イーサが支払われない場合には一昨日の《ヨコハマスカイキャビン》のゴンドラの件、昨日の《ランド・マリン・タワー》のエレベーターの件、《Yアリーナ横浜》周辺のドローン・ショーの件、さらに今朝の《潮入りの池》の毒薬混入の件、すべてが我々三太郎の仕業であることをマスメディアに対して公表する。それぞれに故障や事故などと考えられていた件がすべて我々の仕業であることに県民は驚くだろう。おっと、今朝の《潮入りの池》の件は原因不明と報道されているようだな。いずれにしても、わたしたちのこれだけの犯罪を防げず止められなかった神奈川県警に対する県民の非難は強いものとなるだろう。

桃太郎

桃太郎のさらなる脅しはますます夏希を腹立たせた。

自分たちが違法なことを繰り返しておいて、県民の怒りや非難をそれを解決できない警察へ誘導する桃太郎は本当に卑怯《ひきょう》な人間だと感じるしかない。夏希はキーボードに向かった。

——たしかにわたしたちはいままであなた方の犯罪を防ぐことができずにきました。その意味では県民の皆さんには申し訳のないことでした。桃太郎さん、覚えておいてください。わたしはこうして犯人と対話することを幾度となく繰り返してきました。いままでの事件で成功した犯人は一人もいなかったのです。全員が捕まるか消えていきました。忘れないでください。桃太郎さんも必ず法の網に掛かります。逃げ切ることなどできないのです。

かもめ★百合

言いたい放題の桃太郎に夏希は自分の気持ちをぶつけた。

「真田さん、犯人に対して乱暴じゃないかね」

丸山署長があわてた声を出した。

「すみません。本音を書きました。しかし、わたしがおとなしくして桃太郎に迎合的なことを書いたとしても、これから先に起こることによい影響はないと思います」

夏希は丸山署長の顔を見てはっきりと言った。

「僕もそう思います。桃太郎は感情的な人間ではないと感じますし、真田さんの発言がどうであれ、予定通りの行動を取ると思います。彼の感情はあまり気にすることはないです」

おだやかな口調で織田は言った。

織田がしっかりとフォローしてくれたことは嬉《うれ》しかった。

「ありがとうございます。わたしはまったく同じ意見を持っています。桃太郎は知的で冷静、狡猾《こうかつ》な人物と考えています」

夏希は頭を下げて言った。

織田が考えていることは夏希と同じだった。桃太郎は非常に冷静な人間だと感じる。その意味では感情的な金太郎や浦島太郎とは対照的だ。

桃太郎が恐喝を始めてからの対話で、彼が人の弱みにつけ込むのが得意な狡猾な人間だということがはっきりした。

着信アラートの音が鳴った。


――かもめ★百合くんはなかなか気が強い女性だね。ま、いい。わたしは今夜の午前〇時までに、君たちが一〇〇イーサを振り込むかどうかにしか関心がない。振り込まれなければ、明日には新たな不幸が神奈川県民を襲う。君たち神奈川県警は県民から大きな非難を浴びる。それだけのことだ。さて、これからはわたしも忙しい。無駄な話はしないのでよろしく。午前〇時までに君たちが正常な判断を下すことを信じている。では、

しばしさらばだ。　　　　　　　　　　　桃太郎

それきり通信は途絶えた。

「すみません、僕は県警本部長と警察庁刑事局に電話を入れてきます」

織田がゆったりと幹部席を立って出口へ向かった。

「わたしは神奈川県企業庁へ連絡を入れないと」

佐竹管理官も小走りに出口から消えた。

「結局はテロだったんだな」

幹部席に残された丸山署長が嘆くような声で言った。

「そうですね、政治的・宗教的な色合いはなくとも、政府や神奈川県に対して恐喝を行っている桃太郎らはテロリストと呼ぶしかないでしょう」

小早川管理官は渋い顔で言った。

「今日は金太郎と浦島太郎は現れませんでしたね」

夏希は気に掛かっていたことを口にした。

「あの二人はテロリストらしくなかった。非常に個人的な事情で犯行に手を染めたように感じていました」

小早川管理官は首をひねった。

「わたしは桃太郎が彼ら二人のリーダーというのには違和感があるのです。あの三人はどういう関係なのでしょうか」

　夏希はずっと抱き続けている疑問をまたも口にした。

「僕にはさっぱりわかりません。でも、真田さんが感じている違和感はわかるような気がします」

　小早川管理官は頼りなげに答えた。

　しばらくすると、佐竹管理官が一人の私服捜査員とともに入ってきた。

　なんと加藤だった。

「加藤がな。昨日のドローン・ショーを準備・実行していた事業者の社長を引っ張ってきたんだ。こいつはよく仕事するよな」

　佐竹管理官は嬉しそうに言った。

「いや、俺は今朝から現場を張ってたんだ。あそこを担当してた戸部署のヤツらが帰った後も俺はあそこにいた。現場にケースに入ったインパクトドライバーの忘れ物があったんだよ。けっこう年季が入った物だけど、ちゃんと生きてたからな。そしたら、九時過ぎに社長自ら忘れ物を取りに来てな。話してみるとマトモな男だ。インパクトドライバーは買うと七、八万くらいするそうだ。岸辺に置いとくわけにはいかないってな。で、昨日のドローン・ショーはやっぱりその内田《うちだ》社長の力が大きいんだね。それで、警察には協力的なんで、任意で来てもらってるんだ」

自分の手柄を誇るでもなく、訥々《とつとつ》と話すところが加藤らしかった。

「さすが」

小早川管理官は詠嘆の声を出した。

「加藤さんはスゴいですよね」

夏希は拍手したい気分だったが、加藤が嫌がりそうな気がしてやめておいた。

「で、ここからが奇妙な話なんだ」

佐竹管理官が夏希の顔を見て言った。

なぜ自分が見られるのか、夏希にはわからなかった。

「そうなんだ、内田っていうその社長が、取り調べを受けるなら真田にも話を聞いてほしいって指名しているんだよ」

加藤は口を尖《とが》らせた。

「え……わたしにですか」

思わず夏希はのけ反った。

捜査官の指名など聞いたことがない。

それ以前に……。

「だってわたし、その内田社長って人を知りませんよ。内田社長がわたしを知っているとは思えないんですが」

夏希にはわけがわからなかった。

「とにかく、向こうが真田に話をしたいって言ってんだから、つきあってくれよ」

いくぶんいらだった調子で加藤が言った。

「そうだよ。織田部長にはわたしから話しておく。しっかりとドローン・ショーや浦島太郎のことを聞いてこい」

佐竹管理官はにこやかに夏希を励ました。

第五章　モジュール犯罪

【1】

加藤に連れられて夏希は下の階の取調室に向かった。

「なんで内田さんはわたしを知っているのでしょうか。少なくともわたしは内田さんという人をまったく知りません」

廊下を歩きながら夏希は加藤に訊《き》いた。

「詳しいことは真田に直接話すって言ってるから無理に聞いていない」

ちょっと素っ気ない口調で加藤は答えた。

取調室に入ると事務机を挟んだ奥の椅子に五〇歳くらいの男が座っていた。

昨日の目撃証言にあったのと同じ薄緑色の作業ジャンパーを着て赤っぽいネクタイを結んでいる。胸の白い縫い取りには《ウチダ・プランニング》とあった。

男は夏希の顔をまじまじと見てから深くあごを引いた。

入口付近には記録係の若い私服捜査員がノートPCを前にして座っていた。

夏希と加藤は、内田の正面の椅子に並んで座った。

「内田さん、あんたが指名したかもめ★百合ってのは彼女だよ」

気楽な調子で加藤は夏希を紹介した。

「刑事部の心理分析官、真田夏希です」

こうした流れなので、夏希はきちんと名乗った。

「ウチダ・プランニングというイベント制作・運営会社をやっております内田久泰《ひさやす》といいます」

口もとにわずかな笑みを浮かべて内田は頭を下げた。

任意同行で取り調べを受けているとは思えないほど泰然とした態度だった。

イベント事務所の社長と言うから、もっとラフな雰囲気の人物かと思っていた。

だが、内田社長は眼鏡を掛けてきまじめな雰囲気の男性だった。

どちらかと言うと、大手建設会社の現場監督のイメージが似つかわしい。

「あのー、内田さんはどうしてわたしのことを知っているんですか」

まずはこのことが夏希は知りたかった。

「浦島太郎さんから聞きました。昨日のドローン・ショーの件で、もし警察ともめるようなことがあったら、本部刑事部のかもめ★百合さんを呼びなさいというお話でした。そしたで、そちらの加藤さんにかもめ★百合さんに会わせてくださいと頼んだのです。そしたら、こうして真田さんに会えました」

内田はやわらかい声で言った。

夏希と加藤は顔を見合わせた。

「そうなんですか、浦島太郎さんが……でも、いったいどうしてわたしなんでしょうか」

夏希はとまどって訊いた。

「人の話をろくに聞かない警察官ばかりだが、かもめ★百合さんは違うと浦島太郎さんは言っていました」

やわらかい声のまま、内田は言った。

夏希には納得できる内容ではなかった。

「そうなのでしょうか……。あ、かもめ★百合の本名は公開していませんので、真田の名はここだけにしてください」

夏希は頭を下げた。

「秘密は守ります。本人に会わせてもらって感謝していますから」

まじめな顔で内田は答えた。

「俺から質問してもいいかい？」

加藤は尋問に入った。

「もちろんです。なんなりとおたずねください」

愛想よく内田は答えた。

きわめて紳士的で感情が安定している人物だと感じられた。

あたりまえだが、内田は桃太郎、金太郎、浦島太郎とはまったく別の人格だと思われた。

「じゃあさ、まず浦島太郎とあんたの関係を話してくれよ」

平らかな表情で加藤は訊いた。

「ひと言で言えば、請負契約の注文者と請負人です」

内田は平らかに答えた。

「つまり内田さんは浦島太郎から昨日の帷子川岸のドローン・ショーの注文を受けてそれを実行したというわけだね」

加藤の問いに内田は素直にうなずいた。

「はい、そうです。浦島さんはクライアントです。うちは小規模のイベントを中心に事業を行っています。各種のパーティー、ちいさなコンサートやライブ、商品のデモンストレーションショーなどです。で、今回のショーの目的は地域振興で《ミュージックYテラス》関連の仕事とのことでした」

「ショーの元請けはどこなんだ？」

「大手広告代理店の名前が入っていました。この手の事業には下請けや孫請けがたくさん入るので、末端のわたしたちにとっちゃ、元請けはほとんど関係がないんですけどね」

内田は自嘲《じちょう》的に笑った。

「ところで、あんたは浦島太郎とはどうして知り合った？」

加藤は厳しい目つきで内田を見た。

「SNSです。わたしは大手SNSのツィンクルで会社の広告的なアカウントを持っています。そこへ浦島太郎さんがダイレクトメッセージを送ってきて、昨日のドローン・ショーの仕事を依頼してきたんです。ウラシマ企画代表という名義でした。わたしは浦島太郎という名がハンドルネームだと思って取引を始めました。半月ほど前のことだったと思います」

いままで見てきたところ、内田は自分の行為を隠すようなところは少しも見られない。犯罪者集団に手を貸していたという意識はなさそうで、浦島太郎のことも顧客の一人としか考えていないようだ。

「それで、浦島とは何度か会っているのか」

加藤の問いに内田は首を横に振った。

「直接には一度も会ったことはありません。メッセージツールやメールでのやりとりだけで仕事は済みました」

「そうなのか、じゃあ連絡先はどれくらい知ってるんだ？」

畳みかけるように加藤は訊いた。

「ツィンクルのアカウントとメールアドレスしか知りません。音声通話はしていませんが、ツィンクル経由で通話が可能なので、話したいときも困りませんし」

内田はかすかに微笑んだ。

「それだけか」

あっけにとられたように加藤は訊いた。

「いや、メールだけで済む仕事は少なくないですよね」

なんの気ない調子で内田は答えた。

「そうなのか。仕事の相手が誰かを知らないのか」

加藤は信じられないという風に首を振った。

「珍しいことじゃありません。みんな忙しいですから」

平らかに内田は言ったが、加藤はショックを受けているようだった。

加藤にしてみたら、人と人が会うこともなくネットのみで成立する仕事などは信じられないのだろう。

刑事は人と会ってなんぼの稼業だから無理もない。

「それで……昨日のイベントはどんな風に進んだんだ？」

気を取り直したように加藤は訊《き》いた。

「見積書を出したところ、こちらの満足できる金額で発注して頂けました。メールで細かい仕様書が届きまして、その通りにすべての工程を実行していったのです。帷子川左岸沿いのポートサイド公園側の緑地に、昨日の午後二時間ほどで設置しました。設置する場所についても浦島太郎さんから詳細な地図が送られてきました。で、まぁ、マークされた各設置地点に機体を置いていったのです。わたしとうちの従業員の合わせて六名で行いました。それで、指示された時間にドローンの電源を入れました。すると、ドローンはどこからかの電波でコントロールされて空を飛び交いました。さらに指示通りにPA機器を使って音楽を流しました。このPA機器は三〇〇ワットの出力ですが、うちの備品ではなくレンタルです。音源ファイルは浦島太郎さんから地図と一緒にメールで送られてきたものでした」

すらすらと内田は説明した。

「ラフマニノフのピアノ協奏曲ですね」

夏希の言葉に内田はうなずいた。

「有名な曲ですね。冒頭から壮大な曲です。映画やフィギュアスケートでもよく使われていたように思います。いずれにしても、ドローンが飛び始めたら曲を掛けるようにと指示があったのでそれに従いました」

「ドローンが爆発することは知っていたのですか」

夏希は内田の目を見て訊いた。

内田は首を横に振った。

「爆発するとは知りませんでした。実は数分後にバッテリーが切れて落下するだろうとは予測していました。あのクラスの超小型ドローンは二〇分も飛びませんからね」

「では、その落下した個体が、帷子川のゴミとなることは認識していたのかな？」

　加藤がすかさず突っ込みを入れた。

「そう言われると面目ないです。そのあたりは違法行為になる可能性があるとは承知していました。あのドローンは一機一〇〇グラム未満の超小型タイプなので、航空法の適用外なんで、飛ばしてはいけない場所とか、そのあたりの規制には引っ掛からないので安心していました。警察にチェックされることもないですから」

　内田はちいさな声で笑った。

「詳しいですね」

　夏希は驚いて訊いた。ここの指揮本部に参加するまで、まったく知らなかった内容を内田はスラスラと話している。

「イベントではドローンを使うことが多いんです。航空法の規制は複雑で警察のチェックも厳しいことがあります。だから、今回も念のため、実際に一機の重さを量ってみたんですよ。そしたら九三グラムだったので大丈夫と思いました」

　明るい声で内田は言った。

「でも、ゴミとして捨てるのは違法だと認識していたわけだな」

　加藤は厳しい声で訊いた。

「そういうことです。ただ、ゴミが散らばるだけですから、たいした罪になるとは思っていなかったし、報酬の魅力には勝てませんでした」

　眉《まゆ》を八の字にして内田は頭を掻《か》いた。

「では、違法な仕事だとは認識していたのか」

厳しい目つきで加藤は内田を見た。

「いえ、そんなにはっきりした意識があれば仕事自体を受けていません。ただ、浦島太郎さんからは落ちた後のことなどの指示はありませんでした。もしかすると、法に触れる可能性はあるかもしれないくらいの意識はあったのです。で、昨日の本番直前に不安になって、浦島さんに連絡をとりました。警察のほうは大丈夫なんでしょうねと訊きました。すると、浦島太郎さんは大丈夫だ。万が一、警察ともめたら、かもめ★百合さんに話を聞いてもらえ。かもめ★百合さんは人の話をまじめに聞いてくれる、相手に向き合ってくれる人だと教えてくれました。だから、真田さんに話を聞いてもらえて本当によかったです」

静かに内田は笑った。

ふたたび夏希は驚きを隠せなかった。

自分と浦島太郎との対話で、そんな評価を受けるようなことがあっただろうか。

夏希はとまどいながら質問を変えた。

「報酬はどれくらいもらったんですか」

さらりと夏希は訊いた。

「こちらで出した見積もり通り七八万円です。うちが一日でやる仕事としては悪くない金額です。この金額はうちの会社の法人口座に半額が先週の金曜日、半額が今朝付けで

ＫＴＳネット銀行から振り込まれました。浦島太郎さんとの取引は終わっています。すでにツィンクルのアカウントもメールアドレスも消えていて、浦島さんと連絡はとれなくなっています」

　あっさりと内田も答えた。

「振り込み元の口座は島浦太郎という名義だ」

　不機嫌な声で加藤は言った。

「では、島浦というのがあの人の本名なのですか」

　内田が訊くと、加藤は不快そうに首を振った。

「捜一の連中がちょっと調べたが、身分証明は運転免許証だけでネットで口座開設できる銀行らしい。それで島浦太郎という名義の運転免許証そのものが偽造だ」

　加藤は顔をしかめた。

　口座から浦島太郎の正体には迫れないというわけだろうか。

　ネット上で身分確認のために運転免許証の画像を送付したことは夏希にも経験があった。

　対面で運転免許証を確認するよりごまかしやすいとは思っていた。

　要するに原本を人間が確認することに比べて、ネット上で運転免許証の画像を送って見せるほうが格段ごまかしが利くということだ。

「浦島太郎さんは問題のある人物だったのですね」

内田はぶるっと身を震わせた。

「ああ、われわれとしては浦島太郎が犯罪者集団の一員である可能性を認めている」

硬い顔つきで加藤は言った。

「そんなこととは思ってもいなかった」

内田はあぜんとした表情で言った。

「あの……内田さんは桃太郎さんという方を知っていますか。ハンドルネームだと思いますが」

夏希は気に掛かっていたことを尋ねた。

「は？　桃太郎さんですか？　いや、知りません」

きょとんとした顔で内田は言った。

「では、金太郎さんは？」

畳みかけるように夏希は訊いた。

「知りません。三太郎が次々に出てきますね……携帯キャリアの広告ですか」

内田は失笑した。

「いいえ、浦島太郎さんの知り合いと思われる人たちです」

平かな声で夏希はゆっくりと告げた。

「犯罪者集団のメンバーと考えられる人物たちだ」

眉間《みけん》にしわを刻んで加藤は言った。

内田の顔がさっと青くなった。

「いや、わたしはそんな集団も知りませんし、浦島太郎さん以外の人については名前も知りません。わたしはその人たちとはなんの関係もないです」

あわてたように内田は顔の前で手を激しく振った。

やはりウチダ・プランニングは完全に下請け事業者であって、浦島太郎とは直接的つながりはないようだ。爆破されたドローンの破片の廃棄物に対する法令違反くらいしか、犯罪の故意も存在しない。

まして現在、桃太郎が県警に対して卑劣な恐喝行為を行っていることなど、内田は知るよしもないだろう。

だが、桃太郎は内田が手がけたドローン・ショーを自分たちの犯罪デモンストレーションに利用している。

このような犯罪形態が存在するものだろうか。いままで警察に入ってからの夏希の記憶にはなかった。

気を取り直して、夏希は別の問いに進んだ。

「コントロールしていた浦島太郎さんは現場の近くにいたのでしょうか」

夏希の問いに内田はあいまいな顔つきを見せた。

「そうだと思いますが、わたしは見ていません。繰り返しになりますが、わたしは浦島太郎さんには一度も会ったことはないのです」

内田は自分が犯罪者集団の仲間に入れられてはかなわないとばかりにこわばった声で答えた。

「ドローンはどこから手に入れたんだ？」

加藤は問いを進めた。

「昨日の朝一番で、メールで指定された神奈川区のレンタル倉庫に取りに行きました」

「倉庫の番地とか覚えているか？」

「出田町《いずたちょう》×××番地の《出田町通商北倉庫》という場所です。それで、ぜんぶで一五〇機のドローンをうちのハイエースに積んで現場に向かいました」

よどみなく内田は答えた。

「出田町の倉庫だって……出田町埠頭《でたまちふとう》のあるとこか。あそこは住人がいないとこだな。外国籍の貨物船も着岸するな」

加藤は難しい顔になった。

かつて加藤は高島署にいたので、西区、中区、神奈川区の地理には詳しい。

「それで、倉庫の鍵《かぎ》の開け閉めはどうしたんだ？」

続けて加藤は訊《き》いた。

「鍵は電子キーでした。番号はすでにメールで送られていましたので、問題ありませんでした」

平らかな声で内田は答えた。

「倉庫の借主、ドローンの製作者あるいは購入者などは誰も知らないんだな？」

念を押すように加藤は訊いた。

「知りません。わたしと同じように請負契約の請負人なのではないでしょうか」

内田は平らかな声で答えた。

「そうかもしれんなぁ……日本人である保証もない」

加藤は鼻から息を吐いた。

「真田、俺はちょっと電話を掛けてくる。待っててくれ」

いきなり加藤は夏希に向かって言うと、席を立って取調室を出て行った。

「あのー、浦島太郎さんって大きな犯罪をしでかしたんですか？　詐欺とか、強盗とか？」

眉《まゆ》をひそめて内田は訊いた。

「いえ、いまのところそれほど深刻な問題は起きていません」

話せる限度で夏希は答えた。

「それならよかった。わたしも仕事をくれた人が捕まってほしくないですからね」

内田は人のよさそうな笑みを浮かべた。

しばらくすると、加藤が明るい顔つきで戻ってきた。

「内田さん、捜査に協力してもらってありがとう。もう帰っていいよ」

加藤はにこやかに言った。

「すると、わたしは逮捕されないんですか」

ホッとしたように内田は言った。

「場合によってはドローンの廃棄について今後取り調べを受けることがあるかもしれない。そのときにはうちのほうから呼び出す。だが、いまのところ身柄を確保しておく理由が見つからない。上の許可は取った。あんたは自由だよ」

おだやかな声で加藤は続けた。

「身体から力が抜けました」

内田は夏希たちに向かって頭を下げた。

「わたしの力など必要ありませんでしたね」

夏希は微笑んだ。

「そんなことないですよ。ありがとうございました」

内田は首を横に振った。

「ただ、浦島太郎に関係する事件が終わっていない。なにか訊きたいことが出てきたら連絡する。しばらく遠いところへ出かけないでくれ」

加藤は内田の目を見ながら頼んだ。

このような協力要請には法的な力はない。

「わかりました。仕事の予定は県内ばかりですので大丈夫です」

愛想のよい声で内田は答えた。

記録係の警官が内田を出口まで送るため席を立った。

「よかったです。内田さんに帰ってもらえて」

席を立ちながら夏希は言った。

「ああ、織田部長と佐竹さんがＯＫしてくれた。内田さんはどこにも逃げ出さないって、俺の言葉を信じてくれたんだ」

嬉《うれ》しそうに加藤は夏希の顔を見た。

「加藤さんの感覚は正しいに決まってますよ。内田さんは帰すべきだとわたしもそう思います」

夏希はゆっくりと言葉を継いだ。

「だけど、なんだか複雑な気持ちでもあるのです。ドローン・ショーは今回の桃太郎の卑劣な犯罪の一部を占めていますよね。恐喝の基礎となる脅迫の一部といえます」

夏希は浮かない顔で続けた。

恐喝罪の脅迫とは、相手を怖がらせるような害悪の告知を指す。桃太郎はドローンを使って飲料水に毒を入れると脅迫して恐喝しているわけだから、ドローンはその中核部分に存在する。

「そうだな、桃太郎の悪質な恐喝……そのデモンストレーションたるドローン・ショーだ。それなのに、実行していた人間は大きな罪に問われるべきではない。不思議な構図だ」

加藤は腕を組んだ。

「目に見える形があるだけに、ある意味、金太郎のクラッキングよりも恐怖を感じやすいです。ですが、それを実行した内田さんは強い非難を受けるべきではない。不思議な構図です」

夏希は眉根《まゆね》を寄せた。

取調室を出た二人は講堂に戻るために歩き始めた。

【2】

講堂に戻ると夏希は自分の席に、加藤は部屋の後方の席に座った。

「お帰りなさい、内田社長の話は先ほど加藤さんから聞きました。あの対話で浦島太郎からすっかり信頼を得ていたのですね。さすがは真田さんです」

織田は満面に笑みをたたえていた。

「まったくだよ。真田はいままでも多くの犯人に信頼されてきたからな」

佐竹管理官は上機嫌な声を出した。

「それこそ真田さんの真骨頂ですよ」

小早川管理官ははしゃぎ声で言った。

三人の話を聞いていた丸山署長は目を見開いた。

「そんなことがあり得るのか……」

丸山署長は低くうなりながら夏希の顔を見た。

「いえ、なんというか浦島太郎との相性がよかったのだと思います」

夏希の言葉は本音だった。

たとえば、桃太郎を理解したり本気で寄り添ったりすることは不可能なような気がする。

「さて、重要な決定を伝えなければなりません。桃太郎が要求している一〇〇イーサですが、警察庁、神奈川県警、政府、神奈川県の担当者が会議を持った結果が出ました。結論を言うと、恐喝されている金員はいっさい支払わないということに決まりました」

織田は毅然《きぜん》とした態度で言い切った。

「テロには屈しないというのは国際的な方針ですからね」

小早川管理官は大きくうなずいた。

「仕方がないですよね。模倣犯や類似犯を防ぐことは大事ですよね」

夏希は静かな声で同意した。

「企業庁等によると、通常の状態で取水後の公営水道の各施設に毒物を混入することは不可能と考えていいとのことだ。従って警察は各施設周辺の通常のパトロールを強化する程度で問題ないと考えられる」

佐竹管理官は重々しい調子で言った。

「いちばん恐れるべきは民間施設です。たとえば、オフィスビル、マンション、学校、病院などがそうです。おおむね三階建以上の建物は多くの水を使用するので、公営水道からの配水管だけでは水道水を供給しきれません。そこで高架水槽や受水槽を設置しています。もし、桃太郎がウチダ・プランニングのような事業者……この場合は水道設備会社またはその下請けなどに金をやって高架水槽や受水槽の蓋《ふた》を開けたままにしておいたとします。そこへドローンを別の専門業者を使って飛ばし、浦島太郎がコントロールして桃太郎が用意した毒を落下させたら……桃太郎が脅迫している内容は具現化することになります。その際に金太郎のクラッキング能力によってドローンのコントロール電波を確保し、さまざまな防犯装置のアラーム等を無効化することもできるかもしれないです。これはひとつの具体例ですが、僕は桃太郎の恐喝はじゅうぶんに実現可能な内容であることを恐れています」

織田の顔はこわばっていた。

「たしかに起こり得る……」

小早川管理官が言葉を失った。

「ですが、県内に無数にある各施設の受水槽等の給水施設をすべてチェックするのは不可能な話です。この手の犯罪は起きてしまってから事後的に対応するしかなく、事前に防止するのは我々警察の力では不可能だと思っています」

力なく織田は言った。

ドローンが病院や学校の上空を飛ぶ姿を想像して、夏希の全身は凍った。

桃太郎、金太郎、浦島太郎が協力すればそんな恐ろしいことは実現する可能性がある。

また、彼らは内田社長のような、およそ犯罪行為に加担しようという意思のない者や組織を利用して、この卑劣な犯罪の構成要素とするかもしれない。ドローンを製作した会社あるいは個人なども同じことかもしれない。

さらに場合によってはこの先の過程で、いわゆる闇バイトなどを犯罪行為の一部に使うかもしれない。

今回の恐喝行為は、さまざまな構成要素を桃太郎がひとつにまとめているのではないか。だとすれば、犯罪の動機は桃太郎以外のいったい誰が有しているのだろうか。

それぞれの犯罪構成要素はバラバラな存在だが、組み合わさることでひとつの明確な意思を生み出す。これはなにかに似ている。

「そうか……モジュールだ」

思わず夏希はつぶやいていた。

「なにか気づきましたか」

夏希を見た織田が身を乗り出した。

「いや、桃太郎の恐喝はモジュール的な犯罪だと思いまして……」

自信がないまま、夏希は自分の思いを口にした。

「なるほど、モジュールですか」

織田が低くうなった。

「モジュールとは多義的なものですね。もともとIT用語だと思います。ハードウェアとソフトウェアの双方に存在する概念ですね。すごく大雑把に言えば、規格化されて交換可能な構成要素の集まりといったような意味でしょうか。単に基準単位という意味もありますが」

小早川管理官はしたり顔で言った。

「ここでわたしが言いたいのは、単体でも機能する構成要素が、組み合わさると別の機能を担うといった程度の意味なのですが……」

夏希は言い淀《よど》んだ。

論理的には正しくないかもしれない。ただ、自分が強く感じるのは、今回の犯罪は構成する要素である人々の意思とは離れたところで、桃太郎の恐喝が行われているのではないかということだった。

「正確な意味を問う場面ではないと思います。たしかに単体として機能する組織や人が組み合わさることで別の大きな意思を構成して動いているところは、モジュールの組み合わせに似てますね。つまりはウチダ・プランニングはこの犯罪を構成するが、恐喝犯罪とは別の……無関係な意思が存在するわけですよね」

織田はうなずきながら答えた。

「そうです。内田社長は浦島太郎からの注文を受けて自らの意思を持ってドローン・ショーを実行したわけです。でも、彼は神奈川県警を恐喝して五〇〇〇万以上の金を脅し取ろうなどとは夢にも思っていない。恐喝の犯罪意思と内田社長の意思は別のところにあるのです。これは従来の共犯という考えでは捉《とら》えられない……言ってみれば『モジュール犯罪』ではないでしょうか」

同時に夏希はひとつの考えが心に浮かんだが、口に出せるほどにはまとまっていなかった。

「言い得て妙ですね！」

小早川管理官は明るい顔でうなずいた。

「真田さん、本当はもっと言いたいことがあるのではないですか」

織田は夏希の顔を覗《のぞ》き込むようにして訊《き》いた。

「いえ……これから先はなんの根拠もなく、単に妄想に近い領域なので……」

夏希はとまどいの答えを返すしかなかった。

実は『モジュール犯罪』という言葉を思い浮かべたと同時に、浮かんだ思いつきに過ぎなかった。

「いまは捜査会議の場ではないのです。僕たちはブレインストーミングの精神を大事にしたいです。思いついたことを自由に言ってください」

にっこりと笑って織田は促した。

出会った頃は、警察官僚でありながらブレインストーミングを持ち出す織田が新鮮だった。

「そうだよ。わたしたちに対しては、なにを言ってもいいじゃないか」

明るい顔で佐竹管理官は言った。佐竹もすっかり織田の感覚に馴染《なじ》んでいる。

「じゃあ、話半分に聞いてください。わたしは今回の恐喝事案はすべてがモジュール型だと思っているのです。つまり、恐喝の意思も桃太郎一人のものである可能性が高いと思っています。金太郎と浦島太郎は恐喝意思を持っていないのではないかと考えています。金太郎は単にクラッキングで《ヨコハマスカイキャビン》や《ランド・マリン・タワー》のシステムを乗っ取って混乱させたいという意思を持っていて、その意思を実現しただけではないでしょうか。また、浦島太郎は《Yアリーナ横浜》を背景にドローン・ショーを行いたいという意思を現実に移しただけなのではないのかと思うのです。つまり彼らも、今回の恐喝という犯罪に関しては、ひとつひとつのモジュールに過ぎないのではないかと思っているのです」

夏希は自分の思いをストレートに言葉にした。

「つまり真田さんは、金太郎や浦島太郎は桃太郎の共犯者ではないと言いたいわけなのか」

丸山署長は目を見張って尋ねた。

「そうです、恐喝に対する意思を欠くという意味では共犯ではないと思います。わたしは恐喝の意思を以《もっ》て行動しているのは桃太郎ただ一人だと思っているのです。現時点で金太郎や浦島太郎との対話を思い返してみると考えがはっきりしてきます。これから桃太郎に打ち克《か》つためには、モジュールの組み合わせを崩すべきではないかと考えています」

言葉にしているうちに夏希は、自分の考えに自信が出てきた。

「つまり真田さんは、金太郎や浦島太郎に、桃太郎を裏切らせようと考えているのですね」

小早川管理官が目を瞬《しばたた》いて尋ねた。

「裏切るというか……二人に桃太郎の言うことを聞くなと警告したいのです。金太郎や浦島太郎がこの先加担しなければ、桃太郎の恐喝のもくろみは崩れます」

夏希は言葉に力を込めた。

「桃太郎と、金太郎、浦島太郎がいったいどういう関係なのかはわかりませんね。県警相談フォームではそれぞれが登場しますが、三者はお互いに会話しているようすを見せていません。桃太郎が我々を恐喝していることは当然知っているはずですが、金太郎や浦島太郎が恐喝についてなにを考えているかはわかりません」

織田は考え深げに言った。

「そうなのです。金太郎や浦島太郎は恐喝を容認しているとは思います。それに、分け前をもらう約束をしているでしょうから、協力する態勢になっているはずです。しかし、どこまでの意欲を持っているかは不明です。いままでの事件で金太郎も浦島太郎も大きな被害を避けようとしていた、とわたしは考えています。恐喝についてもどこまで本気かは、正直言ってわかりません。あるいは本音では恐喝からは降りたいけど、桃太郎になにか弱みを握られているなどして犯行から降りることができないような事情があるのかもしれません。そこで、彼らが降りたいと願っている可能性を信じて、金太郎や浦島太郎にアプローチをしたいと思っています」

夏希は幹部たちや二人の管理官を見ながらはっきりとした声で言った。

「しかし、県警相談フォームは桃太郎が見ているはずだな」

丸山署長が難しい顔で言った。

「そうなのです。あの場で呼びかけたとしても、すべては桃太郎に見られてしまいます。妨害されるに決まっています」

夏希は気弱な声を出した。

「うーん、なんとか金太郎や浦島太郎だけにアプローチする方法があればいいのだが……」

佐竹管理官は腕組みをした。

「それは難しいかもしれませんね」

織田は眉間《みけん》にしわを寄せた。

「発言してもいいでしょうか」

講堂の後方で加藤の声が聞こえた。

振り返ると、さっきまで座っていたはずだが、加藤は立ち上がってこちらを見ている。

「なんだよ、加藤。妙に神妙じゃないか」

佐竹管理官はからかうように言った。

「だって、残っているのはエラい人ばかりですからねぇ」

加藤はわざとらしく身をすくめた。

「いいからさっさと話せ」

冗談めかして佐竹管理官はきつい調子で急《せ》かした。

「桃太郎を怒らせちまえばいいんですよ」

とぼけたように加藤は笑った。

「おまえ、なにを言ってるんだ？」

丸山署長は加藤の顔をあきれたように見た。

「だからね、真田さんは金太郎や浦島太郎に対して好きなことを書いていいと思うんです。極端に言うと、『桃太郎を裏切って警察の味方につけ』くらいのことを言ってもかまわないと思うんです」

ひどくまじめな顔で加藤は言った。

「だけど、それじゃあ、ぶち壊しだ」

丸山署長の言葉をさえぎるように加藤は口を開いた。

「当然ながら、桃太郎は怒ります。また、二人を警戒するはずです。もし二人の弱みを握っているなら、その点で締めつけもするでしょう」

その場にいる者の顔を加藤は見まわした。

「それは困りますよね」

小早川管理官は眉根《まゆね》にしわを寄せた。

「でもね、もし真田さんが言うように、彼らが桃太郎の恐喝犯罪から降りたいと願っているとしたら……金太郎や浦島太郎は必ずひそかに連絡を取ってきますよ。あの県警相談フォームでなくとも」

真剣な顔つきで加藤は言った。

「僕はいまの加藤さんの意見に全面的に賛成です。もし、金太郎か浦島太郎のどちらかが、桃太郎から離れたいと思っていたら、必ずこっそり連絡を取ってくると思いますよ。だから、真田さんは金太郎や浦島太郎に連絡先を提示して返信を待つべきだと思います」

大きくうなずいて織田は言った。

「さらに言うとね、浦島太郎は真田さんに信頼感を抱いています。さっきお話ししましたけど、内田社長に真田さんのことを『人の話をまじめに聞いてくれる、相手に向き合ってくれる人だ』なんて言っているんです。そんな言葉を出すこと自体が桃太郎への不信感の表れとも言えるんじゃないでしょうか。浦島太郎が分け前に釣られていたとしても、あるいは桃太郎に弱みを握られていたとしても、真田さんに連絡を取ってくる可能性はあると思います」

ゆったりと加藤は微笑んだ。

「加藤さんの言うことは正しいでしょう。一方でどんなに怒っても、桃太郎は予告以上のことはできないと考えています。いまはとにかく桃太郎のモジュールをバラバラにすることに専念すべきです。真田さん、あなたの考え通りに金太郎や浦島太郎に呼びかけてみてください。桃太郎がどんなに怒ってもそのことは考慮しなくていいです」

強い調子で織田は言った。

「あのー。わたしの考えなのですが、呼びかけるなら金太郎と浦島太郎の双方ではなく、浦島太郎だけに絞りたいのです。金太郎をマニック・ディフェンスという言葉で評しましたが、会話の一部に典型的な躁《そう》状態を感じさせる言葉がいくつかありました。非常に不安定な精神状態だったので、金太郎がわたしの呼びかけにどのように反応するかが見えてきません」

夏希は金太郎への呼びかけを不安に感じていた。

「たしかに情緒的に非常に不安定な部分は見られましたね」

織田はまゆをひそめた。

「一方で、浦島太郎はペシミスティックなところはありましたが、いちおうまともな会話を維持できていたように思います。さらに、いま加藤さんが言ってくれたように、どういうわけかわたしを評価しているようです。浦島太郎に呼びかけ、そのなかで金太郎にも触れるようなかたちをとりたいと思います」

夏希の言葉に織田はうなずいた。

「では、浦島太郎に呼びかけてください。文章は送信前に僕も見ます」

「了解しました」

気を引き締めて夏希は答えた。

「返信用メッセージの投稿フォームのURLを送ります。このフォームに書いた内容は書き込んだ相手と真田さん以外には読めません」

小早川管理官が言うと同時にURLが夏希のPCに届いた。

PCに向き合ってキーボードを叩《たた》いては消して考える。

一〇分ほど取り組んで夏希はようやくメッセージを書き終えた。


――浦島太郎さんへ。かもめ★百合です。わたしたち神奈川県警はあなたのお仲間の桃太郎さんに脅されています。今晩の午前〇時までに五七〇〇万円相当の仮想通貨を支払わなければ、明日の朝までに県民の飲料水に毒物を混入するというものです。わたしたちは桃太郎さんが要求している金額を支払うのは困難と考えています。そのときに予告通りのことをすれば、桃太郎さんは水道汚染罪や威力業務妨害罪という刑法犯となります。さらに飲料水を飲んだ人が具合が悪くなれば傷害罪、死者が出れば殺人罪にもなります。仮にあなたがドローンを飛ばして、毒の混入行為に加担すれば、これらの刑法犯の共犯として桃太郎さんと同じ法的責任を負わなければなりません。それ以前にあなたは、人々に毒の水を飲ませるような行為をする人ではないとわたしは信じています。いま引き返せば、あなたは大した罪に問われることはありません。ドローン事件を実行した内田さんは警察に来てもらいましたが、すでに帰宅しました。もし、あなたがいま現在、桃太郎さんに弱みを握られて、無理に手伝わされているとすれば、そのことをわたしに言ってください。警察は絶対に浦島太郎さんとあなたの大切な人の生命・身体を守ります。わたしを信じてください。金太郎さんについても同じです。メッセージフォームでも神奈川県警のメールアドレスでも代表番号へのお電話でもあらゆる通信手段に対応します。かもめ★百合に頼ってください。わたしはあなたを助けたいのです。
かもめ★百合

夏希はもう一度文面を見直した。決して上手な文章ではないが、自分の思いを素直に書けたと思う。飾らずに思いを書くのがいちばんだと思っていた。

それと同時に今回の恐喝犯罪のひとつのモジュールの機能を停止させたい思いでもあった。

メッセージにはこちらの返信用メッセージの投稿フォームのURLを記し、メールアドレスなどいくつもの連絡先を書き添えた。

「いかがでしょうか？」

いつの間にか自分の横に立っていた織田を見上げて夏希は訊《き》いた。

「思いが伝わると思いますよ」

織田は微笑んであごを引いた。

夏希はマウスをクリックした。

一〇分ほど経って、着信を示すアラート音が鳴った。

予想していたとおり、桃太郎からの返信だった。


――かもめ★百合くん、血迷ったかね。なんと卑怯《ひきょう》なことをするのだ。浦島太郎を個人的に懐柔するつもりか。いいかね、我々は仲間なのだ。桃太郎、金太郎、浦島太郎の三者は一蓮托生《いちれんたくしょう》だ。こんなことをしてもなんの意味もない。それどころか、君は一〇〇イーサの支払いが困難だと浦島太郎に告げている。わたしの要求が聞けないのであれば、明朝、恐ろしいことが県内のどこかで起きる。今回の君の無礼な行為に対して、わたしは大いに腹を立てている。午前〇時までに一〇〇イーサの支払いをしろ。もう二度とこんなことは許さんぞ。

桃太郎

「いやー、桃太郎かなり怒ってますね。卑怯なのはどっちだよ」

小早川管理官が派手な声を出して桃太郎を難じた。

「予想通りだろう」

佐竹管理官は落ち着いた声で答えた。

「いや、ある意味予想以上でしょう。僕は桃太郎が浦島太郎に離反されることを恐れていて、痛いところを真田さんに突かれたために、これほど逆上しているような気がします」

夏希が考えていたのと同じことを冷静な声で織田が言った。

「返事はしなくてよいですね」

夏希はこの桃太郎の怒りに返答する気はなかった。

「もちろんです。こちらは浦島太郎にメッセージを送ったのです。桃太郎への返信など放っておきましょう」

素っ気ない声で織田は答えた。

「あとはとにかく待つしかありませんね」

静かに織田は言った。

「浦島太郎がここへ書けば、桃太郎に見られてしまいますからな」

丸山署長はＰＣの画面に視線を置いたまま言った。

「数時間ごとに、浦島太郎に返答を促すメッセージを送りたいのですが」

力を込めて夏希は言った。

「けっこうだと思います。僕は真田さんの気持ちは浦島太郎に届くと信じています」

真剣な顔で織田はＯＫを出した。

——浦島太郎さん。わたしはあなたの力になりたいのです。お返事を待っています。

かもめ★百合

また、桃太郎が騒ぎ出すおそれはあったが、夏希は意を決してメッセージを送信した。

だが、このメッセージには誰からの返答もなかった。「二度とこんなことは許さん」と言っていた桃太郎もなんの反応も見せなかった。

夏希たちはひたすら浦島太郎からの連絡を待った。

時間をおいて先ほどと同様のメッセージを送った。

だが、いつまで経っても講堂内に着信を示すアラートの音が鳴ることはなかった。

「本当に桃太郎は一〇〇イーサの支払いを求めているのでしょうか」

さっきから気に掛かっていたことを夏希は口にした。

「そう脅しているじゃないか」

丸山署長は口を尖《とが》らせた。

「あ、言い方が悪かったです。さっき織田部長がおっしゃっていましたけど、桃太郎は一〇〇イーサを吊《つ》り上げるつもりなんじゃないかと思えてくるんです」

夏希は丸山署長を見て言葉を補った。

「その可能性は捨てきれませんね」

小早川管理官がすかさずうなずいた。

「その場合のことなんですけど、桃太郎は我々が今夜一〇〇イーサを支払わなかった場合を見越しているような気がするんです。桃太郎は非常に頭がよく狡猾《こうかつ》な人間です。経済的利益を得ることだけを目的に行動すると思うのです」

夏希は考えていたことを次々に口にした。

「するとどうなるのかね」

佐竹管理官は覆い被《かぶ》せるように訊いた。

「あくまでも、わたしの個人的な考えに過ぎないのですが、金がもらえない可能性が大きいと見切ったら、桃太郎は今夜は飲料水に毒を混入するという脅迫内容を思いとどまると思うのです」

夏希は言葉に力を込めた。

「そうだろうか。桃太郎は人の不幸などなんとも思っていない人間ではないか」

腕組みをして佐竹管理官は疑わしげな声を出した。

「個人としてはそのような人物かもしれません。しかし立場としては、飲料水による健康被害や、まして人死にが出たら、彼らは追い詰められます。政府、自治体、警察は金員を支払わない可能性も出てきます。恐喝している金をもらえなければ重大犯罪の責任しか残りません。桃太郎はそんなバカなことはしないような気がするのです」

もはや夏希の確信に近い感覚だった。

しかし、根拠は対話を繰り返すうちに感じ取った桃太郎の性格でしかない。論理的に説明せよと言われても困る。

しかし、勘とは高度な思考の結果だという説に夏希は賛同していた。人間は言語化できないレベルの高度な思考を勘と呼んでいるという考え方だ。

「では、桃太郎はどうすると思う？」

佐竹管理官は鋭い目つきで夏希を見た。

「デモンストレーションを繰り返すと思います。どんな内容かはわかりませんが、県民がゾッとするような……次こそは本当に毒を入れられると恐れるような、そんなデモンストレーションを今晩はやるでしょう」

夏希は自信たっぷりに言い放った。

「今朝の《潮入りの池》のようなことか……」

丸山署長はぼう然としたような声で言った。

「そうです。もう少し派手な効果が生まれる行為を今晩のうちに行うと考えます。しかしいつまでも金を払わなければ、桃太郎は最悪の手段……つまり飲料水への毒物の混入を実行すると思います」

夏希の身はぶるっと震えた。

「桃太郎が、今夜は飲料水への毒物の混入を避けるだろうという真田さんの考えを信じたいと思います」

織田はおだやかな声で言った。

その後も、各班の捜査員から桃太郎、金太郎、浦島太郎につながるような有力情報は入ってこなかった。ただ、時間だけがいたずらに過ぎていった。

夏希はなにもできぬ自分にふがいなさを感じるしかなかった。

朝から詰めていた横浜水上署の講堂に夕映えが迫ってきて、やがて夜の闇に包まれた。

午後八時の捜査会議にはほとんどの捜査員が戻ってきたが、これと言った有力な情報はひとつも入ってこなかった。

夏希がこの横浜水上署にいて得た情報、たとえばウチダ・プランニングのことなどについては情報が共有された。

会議が終わると、捜査員たちは夜の町に消えていった。

「加藤さんは内田の事情聴取もしていますし、真田さんとのタイアップがあるかもしれません。今夜は指揮本部に残ってください」

織田は口もとに笑みを浮かべて加藤に指示した。

「外へ出るほうが好きなんですがね……自分も今夜はここにいたほうがいい気がしてます」

加藤はにこやかにうなずいて、素直に講堂後方の席に座った。

支給された幹部用の弁当を食べてしばらくした頃のことだった。

講堂内の内線電話が鳴った。

連絡要員の制服警官が電話を取って話を聞いている。

「県警の相談フォームのサブアドレスに、かもめ★百合さんあての新規投稿があったそうです。いまこちらのPCに転送してもらいます」

電話を切った警察官は講堂内全体に届くような声で言った。

PC画面を覗《のぞ》き込んだ夏希の胸はどくんと鳴った。


──あんたを信じる。鷺舞橋《さぎまいばし》一一時。


送られてきたのはただそれだけのメールだった。

(浦島太郎からのメッセージだ!)

胸の奥が熱くなった。夏希の気持ちは届いていた。

「やりましたね」

小早川管理官が叫ぶように言った。

「鷺舞橋ってどこですかね?」

丸山署長が首を傾げた。

実は夏希も初めて聞いた名前だった。

「ここです! 県立境川遊水地公園《さかいがわゆうすいち》の中心部です。住所は横浜市泉区下飯田町《いずみくしもいいだちょう》五の五になります」

連絡要員の制服警官がスクリーンに映し出した地図の一点をアプリのポインターで示した。

「そうか……横浜市の戸塚区と泉区、藤沢《ふじさわ》市にまたがった場所なのか」

丸山署長は低くうなった。

地図を見て夏希は驚いた。

舞岡の自宅から直線距離では六キロくらいしか離れていない場所だ。

一部は舞岡と同じ戸塚区だが、夏希はまったく知らない場所だった。

「県立境川遊水地公園だな……。ここからだとクルマで四、五〇分の距離です。あそこは二六ヘクタールもあって、公園内には遊水地が三つもあるのです。境川の治水のために作られた俣野《またの》遊水地、下飯田遊水地、今田《いまだ》遊水地です。上水道などの飲料水を貯水したり取水したりするための池ではありません。つまり、さっき真田が言っていたとおり、新たなデモンストレーションを行うためでしょう」

佐竹管理官は明るい声を出した。

「飲料水ではないのですね」

織田はホッとしたように念を押した。

「はい、飲料水とは関係のない池です。わたしは二度ほど遊びに行ったことがあるんですよ」

口もとに笑みを浮かべて佐竹管理官は言った。

「どんなところなんだね」

丸山署長が尋ねた。

「そうですね、なんて言うか、神奈川らしくない場所ですよ。関東平野のもっと北のほうみたいな雰囲気でのびのびしています。まわりは畑地や住宅地です。グラウンドやテニスコートもあってなかなかいいところです」

佐竹管理官はなかなか詳しい。

「そうかぁ、三つの遊水地にはビオトープも作られていて、サギやカモ、セキレイなどの野鳥も豊富だし、昆虫類はもちろん、カエルやコイやアユさえ生息しているのか。桃太郎が毒を使ってデモンストレーションするにはぴったりの場所だ。少し田舎だけど大部分は横浜市内だし、湘南台《しょうなんだい》駅から直線距離では一キロしかないのか。となると、今朝の《潮入りの池》の何倍もの効果がありそうですね」

小早川管理官はネットの境川遊水地公園のサイトを見ながら、嫌な予測を口にした。

湘南台は小田急江ノ島線や相模鉄道と横浜市営地下鉄ブルーラインの集まる賑《にぎ》やかな駅で、夏希も藤沢や県央方向に移動するときには乗換駅として使っている。

たしかに湘南台駅から一キロ程度なら多くの人が通りかかる場所だろう。

「さっそく鷺舞橋に捜査員を派遣します。まずはうちから捜査一課員を数名、所轄の泉署や藤沢北署から数名出してもらいましょう。メッセージにある午後一一時前に全捜査員で鷺舞橋周辺部を捜索します」

毅然《きぜん》とした織田の声が響いた。

「鷺舞橋の名を出したということは、三つの遊水地のうち下飯田遊水地がターゲットであることは間違いないと思います。ところで、境川遊水地公園は夜間は閉鎖されていて内部には入れません。下飯田遊水地も鷺舞橋自体もこの時期だと午後五時以降は入れないのです。ですが、わたしがかつて行ったときにもそう思ったのですが、内部と外部を隔てるフェンスは場所によっては背が低く、無理をすれば乗り越えることは可能です。もっとも桃太郎らがドローンを使うのであれば、フェンスを越えなくともその外から遊水地に毒を撒《ま》くことは可能だと思います」

佐竹管理官はしたり顔で言った。

「佐竹さんは鷺舞橋付近のフェンス外で彼らがドローンの準備をしそうな場所はわかりますか」

織田は身を乗り出してきた。

「さて、難しいですね。いちばんあり得ると思われるのは鷺舞橋の泉区側のたもと付近です。下飯田トイレ棟というのがあるあたりです。多目的グラウンドの北側にある附帯施設です。捜一にはパトカーでこのトイレ棟付近まで直行させます。泉署にはこの付近に待機してもらいます。鷺舞橋の藤沢市側のたもとは車両が入れません。藤沢北署には刑事課から人を出してこの付近で待機させます。泉署と藤沢北署にはそれぞれ管理者の神奈川県公園協会に連絡して鍵《かぎ》を借りてもらいます。必要ならば公園内に入ればよいわけです。そして、桃太郎たちが鷺舞橋の泉区側か藤沢市側のどちらかの近くにやってきたところを一網打尽にします」

佐竹管理官の声は明るかった。

「わたしを行かせてください」

夏希は語気を強めて頼んだ。

「しかし、相手は武器を所有しているかもしれず、危険なおそれがあります」

織田は気遣わしげに答えた。

「でも、浦島太郎が来ていたら、わたしがいないわけにはいきません」

さらに言葉を強めて夏希は言った。

「自分がついて行きます。今回は真田は行かざるを得ないでしょう」

おだやかな声で加藤が言った。

「わかりました。じゃあ加藤さんと真田さん、駐車場に駐《と》めてある捜一の覆面車両で現場へ行ってください。さらに境川遊水地公園近辺にいる捜査一課員を急行させます」

うなずきながら織田は了承した。

夏希は自分のスマホを取り出すと、小川にメッセージを入れた。伊勢佐木署の強盗致傷事件の捜査関係で、現在は県警本部にいるとの返事がきた。

「あの……ほかにひとつお願いがあるんです」

夏希の言葉に、織田は首を傾げた。

「なんですか？」

「桃太郎たちが鷺舞橋にいるとは限りません。地図で見ると、境川遊水地公園はかなり広いようです。アリシアの出動をお願いしたいのです。幸いにも現場は港南区《こうなん》下永谷《しもながや》の訓練所から数キロの距離のようです」

熱を込めて夏希は頼んだ。

そうは言っても、小川は海岸通りの県警本部にいるわけだが。

「しかし、アリシアはどうやって桃太郎たちを捜すんだ？」

佐竹管理官が浮かない顔をした。

「手はあります。後で小川さんにメールしておきます」

夏希は微笑んだ。

「アリシアの手配はしましょう。彼女はいつも思わぬところで僕たちを助けてくれますから」

織田の言葉は夏希にはひどく嬉《うれ》しかった。

「はい、ありがとうございます」

にこやかに夏希は頭を下げた。

「さて一一時まであと二時間ですね。皆さん、よろしくお願いします」

織田の堂々とした声音が講堂に響いた。

【3】

加藤が運転する銀色のトヨタマークXは、国道一号の原宿《はらじゆく》交差点から県道一八号を通って境川遊水地公園に近づいていった。

覆面パトは鷺舞橋の泉区側のたもとにある下飯田トイレ棟の前のカーブを過ぎた。

月光に照らされた鷺舞橋が見えてきた。曲線が実に美しい白っぽい吊《つ》り橋だ。

ここに来る途中でちょっと調べたら、シラサギが空を飛ぶ姿に見立ててこの名がついたらしい。世界的にも例の少ない片面吊りの曲線吊橋という国内では初の形式だそうだ。

この橋はクルマが通れる幅はなく、人が歩いて渡ることしかできない。

覆面はしばらく行ってカーブが終わったあたりで静かに停まった。

時刻は一〇時をまわっていた。

空には不恰好《ぶかっこう》にふくらんだ十日過ぎの月が昇っていたが、その光にも負けず初冬の星が空いっぱいに輝いていた。

加藤に続いてクルマから降りた夏希は、凛《りん》とした夜の空気を吸い込んだ。

草の香りとかすかな水の臭いが鼻腔《びこう》に忍び込んできた。

住宅地の灯《あか》りは遠くに見え、あたりは広大な暗く沈んだエリアだった。

月の明かりに森や水やグラウンドの広がりが望める。

二六ヘクタールと聞いたが、自宅から数キロの場所にこんなひろびろとした場所があることに夏希は驚いていた。

近くの街灯の光に照らされるなか、一台のパトカーが停まっていて二人の制服警官が立哨《りっしょう》していた。

略帽をかぶり防刃ベストを身につけた三〇歳くらいの巡査部長と二〇代なかばの巡査長だった。佐竹が言っていた泉署の地域課員だ。

「ご苦労さまです。刑事部です」

夏希が愛想よく言うと、二人の制服警官はさっと挙手の礼で答えた。

パトカーのすぐ前には銀色の鑑識バンが停まっていた。

鑑識バンの横には一人の男と一匹の黒いイヌが立っていた。

すでにハーネスをつけたお仕事態勢だが、夏希の顔を見て激しくしっぽを振っている。

「アリシア！」

抑えられずに夏希は叫んだ。

「くぅうん」

お仕事モードのアリシアは決して姿勢を崩さない。だが、顔を向けたままあいさつだけするように舌をはぁはぁ垂らしている。

自分を見つめる黒い瞳《ひとみ》を見て、夏希はいとおしさでいっぱいになった。

「がんばろうね、アリシア」

アリシアの身体を撫《な》でたいのを懸命に我慢した。

「真田、お疲れ」

ライトブルーの鑑識活動服を着た小川が無愛想に声を掛けてきた。

「お疲れさま……真田さんと言いなさい」

夏希がこの答えを返して小川が不明瞭《ふめいりょう》な返答をするのも、もはやルーティーンのあいさつとなっている。

「あれ、加藤さんも一緒っすか」

小川は素《す》っ頓狂《とんきょう》な声を出した。

「ああ、俺は期間限定で真田の部下をやってんだ」

加藤はにやっと笑って愚にもつかぬ事を答えた。

「なんすか、それ……」

あきれ声で小川は言った。

「そんなことより犯人を捜すネタは用意できたのか」

加藤はいくらか厳しい声で訊《き》いた。

「これです。刑事部から借りたんですよ。科捜研に寄ってきました」

小川はちいさな樹脂製の薬瓶をかるく振って見せた。

夏希が頼んだものだった。

「それはパラコートか」

加藤は厳しい声で訊いた。

「そうです。かなり希釈してあります。こいつがネタっていうわけです」

いたずらっぽく小川は笑った。

「どんな臭いなんだ」

薬瓶を見つめながら加藤は訊いた。

「なんつうか、つんとくる刺激臭です。科捜研の人の話じゃ誤用を避けるためにわざとそんな臭いをつけてるんだそうです。青い色もそうらしいです。高濃度でパラコートのエアロゾルを吸入すると、中毒になるんです。希釈したものをほんのちょっとだけ嗅《か》ぐしかないんです。アリシアにもじゅうぶん注意して嗅がせるつもりです。科捜研でもえらく注意されました」

小川は肩をすくめた。

「パラコートの臭いにアリシアが反応すりゃあ間違いないいんだけどな」

加藤は口をへの字に結んだ。

「桃太郎って犯人がこの公園にいるってことですよね」

眉《まゆ》をひそめて小川は言った。

「そうだ。だけどな、桃太郎はさ、この橋みたいに目立つところにずっとはいないよ。きっと鷺舞橋は浦島太郎との待ち合わせ場所にしたんだよ。ほら、このトイレ棟の前の道までは公園の外で何時でも通れるしな。いまはきっとこのフェンスを越えて公園内のどこかに潜んでると思うな。こんなフェンス、ちょっとした踏み台一つで越えられるじゃないか」

加藤が指さす先には数十センチの高さしかない茶色いスチールのフェンスが続いていた。

「あのさ、泉署さんはそこのフェンスの鍵《かぎ》を持っているんだよね？」

制服警官に近づいて加藤は声を掛けた。

「はい、預かっております」

巡査部長の階級章をつけた警官がきちょうめんな感じで答えた。

「ちょっとそこのゲートを開けてもらえないかな」

加藤は鷺舞橋や遊水地に降りる階段などに通じる道をふさぐフェンスを指さした。

「了解です。ちょっとお待ちください」

巡査部長はポケットからキーホルダーを取り出すとさっと門扉の錠を開けた。巡査長と二人で横開きの門扉を押して開いてくれた。

「おう、ありがとう」

加藤は先に門扉のなかに入った。

あわてて夏希が従い、小川とアリシアも後から続けて入った。

「いったん閉めておきます」

背後で泉署員たちが門扉を閉めた。

夏希たちは鷺舞橋の横にひろがる円形のウッドデッキに足を進めた。

右手には鷺舞橋が、眼下には月光に鈍く光る下飯田遊水地がよく望める。

休憩所らしくドーナッツの一部のようなかたちの屋根の下にはテーブルやベンチが設置されている。

「さぁ、アリシア、お仕事始めるぞ」

ウッドデッキに出ると、小川はアリシアに声を掛けた。

ジップロックのようなハガキ二枚分くらいのポリ袋からハンカチのような白い布を取り出した。

「あんまり近づけちゃまずいな……」

小川は独り言を言いながら、白い布をアリシアの鼻近くに持っていった。

「ぎゃうぉん」

アリシアは布の臭いを嗅ぐと、さっとマズル（鼻先）を背けた。

「どうだ、こんな臭いがしないか？」

小川はアリシアの首の後ろあたりを撫でながら訊いた。

アリシアはウッドデッキに鼻をつけるようにしてクンクンと臭いを嗅いでいる。

「わんっ」

しばらくすると、アリシアは小川を振り返ってひと声鳴いた。

続けて鼻を地面につけて臭いを嗅ぎながら小川を引っ張るようにして歩き始めた。

「おお、そっちか」

嬉《うれ》しそうに小川が叫んだ。

ハーネスハンドルを右手で握って、小川は鷺舞橋の方向に歩き始めた。

「やっぱり、ここに桃太郎は来たのね」

夏希の声は震えた。

「さすがはアリシアだ」

加藤の声も明るかった。

ここでアリシアがパラコートに反応しているということは、桃太郎がこの公園にすでにやってきている可能性がかなり高いということだ。いや、やって来ているに違いない。パラコートのように毒性が高く強力な除草剤がふだんこの公園で使われることはないのだ。

必ずや浦島太郎も一緒にいるはずだ。

浦島太郎は自分を信頼して頼ってくれている。

そのことが夏希は本当に嬉しかった。

ところがアリシアは鷺舞橋のまん中あたりまで来ると止まってしまった。

コンクリートの床につけた顔を左右に動かしたが、アリシアは振り返って小川を見ている。

「くぅん」

アリシアは気弱な声で鳴いた。

「どうした？　臭いが消えたか」

小川は懸命にアリシアのようすを見ている。

どうしていいかわからないというようにアリシアは小川の顔を見ている。

「ここで引き返したということなの？」

過去にもこんなそぶりをアリシアが見せたことがあった。

「そうだと思う。いったんウッドデッキまで引き返そう……戻るよ」

かるくハンドルを引っ張り、小川は元来た方向へと身体をひねった。

アリシアが先頭になって夏希たちはウッドデッキまで戻った。

「さてさて、ほかの方向にも臭いが見つかるかな？」

やさしい声を掛けながら、小川はアリシアに新しい臭いの痕跡《こんせき》を探させる。

しばらくアリシアはウッドデッキをぐるぐると回って臭いを嗅いでいた。

「うわんっ」

一点で立ち止まったアリシアは小川を見てひと声吠《ほ》えた。

「よし、いいぞ。行けっ」

はずんだ声で小川は命じた。

アリシアはウッドデッキの左横にあるコンクリートの階段へと鼻先を向けた。

眼下に鈍い緑色に沈んだビオトープの池の水面が月光に光っている。

「そうか、こっちへも向かったか」

納得したような声で小川はアリシアに呼びかけた。

先に立ったアリシアはトコトコと階段を降りてゆく。

「このあたりの地形なんかを観察していたのかもしれないな」

加藤は納得したように言って後を従《つ》いてゆく。

夏希も加藤に続いた。

アリシアと三人は階段を下って、ビオトープの池をすぐ見下ろす高さまで降りてきた。

左手にひろがる芝生のグラウンドは、差し渡しが一五〇メートルくらいはありそうだ。

「うわわんっ」

アリシアは激しい声で鳴くとグラウンドの東端に沿って設けられている駐車場に身体を進めた。

閉場されているのでクルマは停まっていないアスファルトの広場だ。

アリシアは駐車場を東へと進む。

頭の後ろの黒い毛が月光に艶《つや》やかに光っている。

多目的グラウンドの北端をぐるりとまわったあたりにばらばらと何台かのクルマが駐車していた。

もちろんエンジンが掛かっているクルマはなく、駐車場はひゅーと吹く風以外に聞こえる音はない。

いきなりアリシアがピタッと身体の動きを止めた。

一台の黒っぽいミニバンに向かって鼻先を向ける。

「うーっ」

姿勢を低くしてアリシアはうなっている。

アリシアの身体は小刻みに震えていた。

ここに駐《と》まっているクルマは午後五時の閉場によって取り残されたもので、誰も乗っているはずはない。

「俺が見てくる。そこで待っていてくれ」

加藤はつかつかとミニバンに向かって早足で歩き始めた。

左の前ドアの横に加藤はすっくと立った。

輸入車なのか、運転席は左側にあるようだ。

見たことがあるような大きなクルマだ。フロントグリルに《ＦＯＲＤ》の銀色の文字が躍っている。

「警察です。誰か乗っていますか」

加藤は叫びながら運転席の窓ガラスを叩《たた》いている。

「誰か乗っていますね？　ちょっと降りてきてください」

ますます強い力で加藤は窓ガラスを叩く。

車内に人がいることを確認したようだ。

桃太郎たちなのか。

夏希の鼓動が早くなる。

——ぶぉおんぶぉおん

とつぜん、エンジン音が低い音で咆哮《ほうこう》した。

パッとヘッドライトが点灯した。

——ギュルギュル　ギュルギュル

まぶしい光のなか、タイヤが鳴り、ゴムが焼ける臭いと白い煙がひろがった。

激しいエンジン音が近づいて来る。

「きゃいん」

「きゃあっ」

「うわっ」

アリシアも夏希も小川も叫び声を上げた。

ミニバンは夏希たちが立つ方向へ突っ込んでくる。

このままではみんな轢《ひ》かれる。

ヘッドライトが迫る。
だが、夏希は身体がこわばって身動きが取れなかった。
元いた位置あたりで加藤が拳銃《けんじゅう》を構えた。
タイヤを狙っているようだ。
いきなりミニバンの運転が不安定になった。
ゆらゆらと左右に鼻先の方向が揺れた。
ミニバンは夏希たちから数メートルの位置で大きく右へ曲がり始めた。
しかし、拳銃の発射音は聞こえない。
クルマが夏希たちに向かってこないのは加藤の力ではなかった。
なぜかヘッドライトが消えて車幅灯だけになった。
そのとき夏希はたしかに見た。
助手席の黒い影が運転席の黒い影の首を絞めるような恰好《かっこう》をしている。
激しい衝撃音が響いた。

――どぉおおん

あたりになにかの破片が飛び散った。
もうもうと煙が立ち上っている。

ミニバンは高さ数メートルの防球ネット支柱に鼻先を突っ込んだのだ。

次の瞬間。

運転席から一人の背の高い男が飛び出してきた。

腰丈の紺色っぽいフライトジャケットを着てデニムを穿《は》いている。

機敏な動きから見て、衝突のショックによるダメージは受けていないようだ。

ほぼ同時に左後部のスライドドアが開くと、黒っぽいダウンジャケットを着た痩《や》せた小男が、ふらふらと降りてきた。

運転席から降りた背の高い男は、後部座席から降りた男に襲いかかった。

背の高い男は痩せた男の背中に回り首を締めつけるような姿勢をとった。

「近づくなっ」

男はしゃがれた声で怒鳴った。

「近づくとこいつを刺し殺す」

月光を受け、男の右手で刃物が光った。

「バカなことはやめてっ」

夏希は叫び声を上げた。

次の瞬間だった。

アリシアが小川の足もとから飛び出した。

まっすぐに凶漢に飛びかかってゆく。

「うぉおおん、うぉおおん」

まるで黒い稲妻みたいだ。

アリシアは男の右足のくるぶしに嚙《か》みついた。

「うぎゃあっ」

男が放した刃物が光って飛んでゆく。

ナイフがアスファルトにぶつかる衝撃音が響いた。

「放せ、放せっ」

悲痛な声で男は叫ぶが、アリシアは右足に食いついたままだ。

加藤が後ろからさっと男に駆け寄った。

「とりあえず銃刀法違反の現行犯で逮捕だ」

言葉と同時に男の右手で手錠がカチャリと鳴った。

「アリシア、もういいぞ」

小川が叫ぶと、アリシアは男の右足を口から放してしゅるりと戻ってきた。

「よぉし、よくやった」

小川はアリシアの頭を撫《な》でて両手で口のあたりをさすった。

「ふぅうん」

ほめられてアリシアはご機嫌の表情だ。

「さぁ、横浜港までドライブだ」

口もとを歪《ゆが》めて加藤は笑った。

ふてぶてしく意地悪そうな顔つきの三〇代後半くらいの男だった。

この男が桃太郎だ……夏希は確信した。

「痛いじゃないか」

ふて腐れたように男は声を張り上げた。

「おとなしく従《つ》いてこないともっと痛い目に遭うぞ」

せせら笑うように加藤は言った。

騒ぎを聞きつけたのか、泉署の二人の制服警官が駆けてきた。

「大丈夫ですか？」

巡査部長が声を掛けてきた。

「クルマはヤツらの自損事故だ。後の処理を頼む。それから……このふたりの男を引っ張ってゆく。身柄を運んでくれ」

なんとなくのんきな調子で加藤は言った。

「了解しました」

巡査部長は目をぱちくりしながら答えた。

痩せた小男は放心したように座り込んでいる。

「要するにこいつら閉園前からこのクルマで園内に居座ってたっていうわけか」

小川が左右を見まわしながら言った。

外を観察するために出歩いていたわけだが、閉園前からクルマに隠れていたことは間違いない。

それよりも夏希はミニバンに残ったもう一人が気になっていた。

あの男はクルマの衝突以降、車内から出てこない。

ミニバンは燃えたり爆発したりはしないようなので、近づいても問題ないだろう。

運転席にはタバコと芳香剤が混じった臭いが漂っている。

革ジャンを着た四〇代くらいの男が、助手席のシートに仰向《あおむ》けに倒れていた。

意識がないようだ。脳の損傷がなければいいが……。

夏希は男の左手首で脈をとった。

脈拍は力強く正確に打っている。

とりあえずはホッとした。

とにかく一刻も早く設備が整った病院に救急搬送しなければならない。

夏希は車外に出てスマホを手に取って一一九番をタップした。

【4】

数日後、夏希は加藤と一緒に相鉄《そうてつ》いずみ野線のゆめが丘《おか》駅近くにある総合病院を訪れていた。

肋骨《ろっこつ》の骨折手術などで入っていたICUから、一般個室に移った島村貴之《しまむらたかゆき》を見舞うためであった。

島村とはむろん浦島太郎のことだ。

あの晩、桃太郎こと桃井《ももい》義男《よしお》が現行犯逮捕され、横浜水上署内で金太郎こと金山一彦《かねやまかずひこ》も通常逮捕された。二人とも現在は勾留《こうりゅう》中となっている。指揮本部は解散し、夏希たちはそれぞれの部署に戻った。

「こんにちは。神奈川県警の真田です」

病室に入ると夏希はにこやかに言った。

「島村さん、お加減いかがですか。ささやかなお見舞いです」

夏希は声を掛けながらクッキーの入った箱をかたわらのテーブルに置いた。

「どうもすみません……ああ……あなたが真田さんですか」

ベッドの上で半身を起こした島村は夏希の顔をまじまじと見た。

夏希がこの病院で島村と会うのは初めてのことだった。

クルマの助手席で倒れていたときとは別人のようにやわらかく元気な顔つきだった。

細長い顔に鼻筋が通ったおだやかで知的な容貌《ようぼう》だ。

「そうです。こちらではじめまして」

あらためて夏希はあいさつした。

「思っていた通りのあたたかそうな方だ……いろいろご迷惑を掛けました。わたしは真田さんに本当に救って頂いた。ありがとうございました」

島村は夏希の目を見てから深々と頭を下げた。

「わたしこそ島村さんのおかげで、生命を救われました」

夏希こそきちんと礼を述べなければならない。

あのとき向かってくるクルマのなかで、夏希たちを守ろうと桃井の運転を妨害した島村の姿を忘れることはできない。

あれこそ浦島太郎の真の姿だと夏希は思っている。

「で、こちらが同じ刑事部の加藤です」

夏希は後ろにいた加藤を紹介した。

「ＩＣＵから出られてよかったですね」

やわらかい笑みを浮かべて加藤は言った。

「島村です。全身麻酔の手術でしたから……いろいろとありがとうございました」

ふたたび島村は頭を下げた。

「すべてが間に合ってくれました。もう少しすれば、もっと大きな事件が起きて、たくさんの人が不幸になったでしょう。あなたが勇気を出してわたしに鷺舞橋を教えてくれたからです」

にこやかに夏希は言った。

「わたしはあなた方に感謝しなければならないです。わたしの大事な息子と妻を守ってくださっている。真田さんはやはり信用できる方だった。あなたを信じてよかったです」

　まっすぐに夏希の顔を見て、島村は言った。

「この病院の救急外来で意識を取り戻したあなたが、最初に何度も叫んでいたことなのです」

　夏希は静かに告げた。

「俺も聞いたよ。あんたは『息子と女房を守ってくれ』って身体の痛みをこらえてずっと言ってた。あんたがどんだけ苦しんでいたかがよくわかったよ」

　加藤もうなずいた。

「桃太郎は自分の言うことを聞かないと『息子と女房を殺す』と、わたしを脅していたのです」

　島村は顔をしかめた。

「そのお話を少しだけ聞かせてください。桃太郎こと桃井とはどのように知り合ったのですか」

　夏希は島村の顔を見て訊いた。

「わたしは桃太郎とあるネットのフォーラムで出会ったのです。だからお互い浦島太郎や桃太郎であって、本名も年齢もなにをしている人なのかも、どこに住んでいるかも知りませんでした」

「ネットではよくあることですね」

「わたしは去年の七月にずっと勤めていた会社をリストラされました。一流の大手機械メーカーでした。わたしは大学院の修士課程を出てから一五年はこの会社に勤めていたのです。自律制御技術を始めとしたロボティクス技術に秀でたメーカーで、自由な社風は自分には合っていました。会社では農業、林業、電設、運搬などさまざまな事業に向けたドローンを設計していました。その後はドローンを使った事業の営業の管理職をやっていました。会社が販促のために開催するドローン・ショーの企画なども担当していたんですよ。収入も悪くなく、七年前には結婚していまは四歳になる息子もいます」

島村は言葉を切ると、暗い顔つきになった。

「ところが、コロナ禍の影響で事業の一部門を縮小することになりました。その過程でわたしは用済みになったのです。四〇歳を過ぎてクビになってみると、ハローワークに日参しても本当に仕事なんてありません。不思議なことに家内のパートは見つかるんですよね。一年くらいは退職金等で気にせずに暮らしていたのですが、だんだんと気持ちが荒れてきます。自分の気持ちが荒れると家内ともうまくいかなくなります。仕事探しもせずに引きこもって、ネットばかりやっているわたしに、家内はあきれ果てるようになりました。金がないので家を出ることもできず、わたしと家内は家庭内別居のようになってしまいました。ある世の中を呪うネットフォーラムで自分が無価値だと愚痴っていました。しかし、あるとき酒の勢いで『自分はドローンのプロだ。横浜中をドローンで攻撃してやる。毒を落としたっていい。炎をまき散らしてもいい』なんて書いたんです。なんてバカなことを書いたんでしょう」

島村は大きく顔をしかめた。

「捨てばちな気持ちだったんですね」

痛ましい思いで夏希は相づちを打った。

「あの頃はもう自分は死んでもいいと思っていました。就職はできず、なにをやっても上手《うま》くいかず、妻とも会話がなくなっていた。自分はまったく価値がない人間のように思えて……最後に花を咲かせて散りたいと本気で思っていたのです」

苦しげに島村は息を吐いた。

「そのうちに桃太郎からダイレクトメールがあったのです。《Yアリーナ横浜》でドローン・ショーをやりたいと思っている。すべての経費は持つ。ショーの計画、ドローンの用意と最終的なコントロールをやってもらえないか。経費とは別に八〇万円の報酬を支払うという話がありました。桃太郎は本名は名乗らないし、絶対にヤバい話だとは思ったんです。でも、かつてドローン・ショー事業にも積極的だったわたしとしては華やかな時代を取り戻せるような錯覚もあったのです。それに八〇万円を叩《たた》きつけてやれば妻もわたしを見直してくれるかもしれないという気持ちもありました。三日ほど真剣に考えた末にOKの返事を出しました。すると、桃太郎はこれから多額の金を支払うのだからとわたしの運転免許証のコピーをメールで送らせました。すると、すぐに最初の必要経費分として一〇〇万円が振り込まれました。そこで、計画を練りました。これで行けるぞとなったところで、知っている中国系資本の専門商社に超小型ドローン一五〇機を五二万円でオーダーしました」

島村は淡々と説明した。

「爆発したのは島村さんの技術によるものなのですか」

「いや、僕には火薬や爆発に関する知識などはありません。あれは特殊な破壊ユニットを搭載しただけです。バッテリー切れに際して自動的に火薬に火がつくのです。今回はその部分の使用が違法じゃないかと引っ掛かっていたところです」

島村は眉根《まゆね》を寄せた。

「桃井が自分たちのスキルとして誇っていた内容なんですが、これもまたウソだったのですね」

夏希の言葉に、島村は静かにうなずいた。

「まぁ、そういうことですね。それから、内田さんにショーの実演に関する依頼をしました」

「内田さんはもともと知っていた人なのですか」

夏希が訊《き》くと、島村はこくんとうなずいた。

「内田さんのところは、僕が会社にいたときに販促のためのドローン・ショーの実演過程を担当してくれた業者さんなのです。あそこなら仕事がしっかりしているから、頼んで安心なのです。自分が島村であることは伝えませんでした」

「ええ、内田さんはあなたが浦島太郎であることには気づいていません」

「え……」

きょとんとした顔で島村は夏希を見た。

「わたしも加藤さんも内田さんには話を訊いたんですよ」

にこやかに夏希は答えた。

「そうだったのですか……ところで、そのあたりまで来ると、桃太郎の態度が一変しました。例の飲料水に毒を混入する話を持ち出してきて、計画を実行したらわたしたちにも五〇〇〇万円ずつ払ってやるから手伝えって言うんですよ。俺は警察や政府に対してすでに要求しているからと、真田さんとのやりとりも見せられました。わたしは人が死ぬようなことまで手伝いはできないと断りました。おまえはドローン・ショーをやったことですでに犯罪者だと言ってきました。たしかにわたしは犯罪者かもしれない。でもドローン・ショーでは人は死なないと言うと、『運転免許証で島村の身元はわかっている。調べたら妻と息子がいるな、おまえが俺に従わなければ、妻と息子の生命が消えてなくなる。人の生命なんてなんとも思っていないヤクザを俺は知っている』と言うのです。だからわたしは、意識を取り戻した途端にあなた方に息子や妻のことを頼んだのです。妻と息子が危険な目に遭うと思うと……」

島村はぶるっと身体を震わせた。

「なんて卑劣な男……」

夏希はあらためて桃太郎に対して腹を立てていた。

「最近は仲が冷えていた妻ですが、とは言え、好きで一緒になったひとです。彼女の身に、なにかあったらと思うと生きた心地はしません。まして息子はわたしにとってなによりも尊いものです。警察の力でこのまま二人を守ってください」

眉間《みけん》にしわを寄せて、血を吐くように島村は叫んだ。

「心配しなくていいよ。うちのほうで調べたけど、桃太郎こと桃井は、いろいろな投資で大量の金を溶かしちまって尻《しり》に火のついてる人間だ。もともと証券会社の営業マンだった男だけど、あちこちで人の金を騙《だま》し取ってさらに切羽詰まっているんだ。このままうちに逮捕されなきゃ、ヤツのほうがヤクザに狙われかねなかった立場なんだよ。島村さんの家族をどうにかできる力などありはしませんよ」

はっきりと加藤は言い切った。

「ほんとうですか」

島村は明るい声を出した。

「ああ、警察で調べたことだから間違いない」

加藤は島村を安心させるために、言葉に強い力を込めた。

「なんで、桃井はパラコートなんかに詳しかったんでしょうか」

不思議そうに島村は訊いた。

「もともと地方の農家の出身だそうだ。納屋などに古くに購入したパラコート系の除草剤があって現物に触れる機会があったそうだ。それに学生時代に農薬関係の会社でバイトしていたらしい」

　加藤は顔をしかめた。

「金太郎……金山一彦という人とは知り合いなんですか」

　夏希は問いを変えた。

「いや、ネット上では彼の存在は知っていました。しかし、リアルでは今回初めて会ったのです。二人は桃井に午後四時に湘南台駅前の広場に来るように言われて、五時前にあの公園の駐車場に入りました。公園管理の係の人をやりすごしてから、人気《ひとけ》のないのを見計らってドローンを飛ばして毒を入れようと計画していました。桃井としては三つの池ぜんぶに毒を入れたかったのですよ。とにかく派手に魚や鳥が死んでくれることが願いだったみたいです。でも、だいたいなんでもやっつけ仕事の男なので、ドローンの数が足りなかったんです。ドローンは桃井の発注に従ってわたしが仕入れました。発注した時点では二回目のドローン・ショーだと思っていたのです。途中で桃井の真意がわかり、僕は抗《あらが》いました。それで真田さんにもこっそりメールしたのです。まぁそれでいろいろと揉《も》めているうちに一〇時近くになってしまいました。桃井としては明日朝までに実行できればよかったわけですが、とにかくあの男は残酷なくせに、すべてがいい加減です」

　島村は吐き捨てるように言った。

桃井がいい加減な男であることは、取り調べの過程でも明らかになっている。言うことはすぐに二転三転して本音は摑《つか》めず、取調官も苦笑しているらしい。

「わたしたちがあの日、仮想通貨を払うとは思っていなかったのでしょうね」

この点についても桃井本人は言を左右にしている。

「簡単に払うとは思っていなかったみたいです。何回か脅せば五〇〇〇万が取れると安易に考えていたのではないでしょうか」

島村はあきれたような声で言った。

「ところで、金山一彦はどうして桃井の仲間に入ることになったのかしら？」

この話も金山本人は『世の中にムカついていたから』という発言をしている。

「あの日聞いただけなんで詳しいことは知りませんが、要するに金山もリストラされて気持ちの持って行き所がなかったようです。彼も自暴自棄になっていて、なにかデカいことをやって死にたいと考えていたようです。そこを桃井に利用されたんじゃないですかねぇ。今回、彼は地図を使って地形に合わせてドローンを自動的にコントロールするためのプログラムを書く役割を押しつけられていました。それで、境川遊水地公園では現場の地形との照合に引っ張り出されていましたが、うまくいかない部分があったようです。彼は一流のクラッカーだそうですが、そんなことじゃなくてもっと有効に彼の力を使えればよかったんですけどね」

島村は気の毒そうに言った。

やはり金太郎のメッセージは、マニック・ディフェンスの状態に陥った彼の躁《そう》的防衛の性質があったのだろう。

ちなみに桃井は妻子のいない金山に対しては、老母に不幸が訪れると脅していたとのことだ。

「これって一種の闇バイトだね」

加藤が思いついたように言った。

「世間一般でいわれているタイプとは少し違いますが、家族などの身に災厄が降りかかるぞと脅して犯罪を実行させる点は闇バイトと言えるかもしれません」

結局今回の恐喝関連の一連の事件では、ヘッド役の桃井が口先だけのいい加減な男だったので、島村と金山という二人の有能な男の力を無駄遣いするだけに終わったようだ。

だが、夏希はモジュール犯罪という新しい犯罪類型にこだわっていた。

もし桃井でなくもっと優秀な犯罪者が、島村や金山のような有能なモジュールを使ったら……。

モジュールの意思に関係なく、凶悪犯罪が実行されてしまうおそれは強い。

織田部長たち幹部は島村の罪状を検討していて、いまだに送検していない。あるいはこのまま微罪処分に留《とど》めて島村は送検されないかもしれない。

島村と金山は《潮入りの池》事件には関与しておらず、境川遊水地公園での毒混入は未遂に終わった。

金山には《ヨコハマスカイキャビン》や《ランド・マリン・タワー》で犯した明確な業務妨害の罪がある。だが、島村にはそれほど強い犯罪行為はない。

島村が身を挺《てい》して夏希たちを守ろうとしたことも大きく評価されているらしい。

小早川管理官たちのチームによって桃井、金山、島村が使用していたネット環境はすべて明らかになり、彼らの会話のログも入手できた。三人の法的責任はよりしっかりと解明できるだろう。

そのとき、病室の扉をノックする音が響いた。

「パパーっ」

白いフリースジャケットを着た幼児が派手に叫んで走り込んできた。

「則之《のりゆき》っ」

ギプスのせいで抱きつけない島村は幼児の頭を撫《な》でて、声を湿らせた。

後から入ってきた女性は夏希たちに向かって無言で一礼した。

夏希も黙って返礼した。

髪をひっつめて地味な感じの四〇歳くらいの細い女性だ。

「あんまり勝手なことしないでくださいよ。わたしたちは迷惑なだけなんですから……」

淡々とした調子で夫人はいった。

「すまん」

島村はしょげた顔でうなだれた。

「あんまり心配させないでください……パパはただ一人なんですから」

島村夫人は声を詰まらせた。

大きめの両目に涙がいっぱいにあふれている。

「では、わたしたちは失礼します」

夏希はそれだけ言うと、頭を下げて病室を出た。

島村夫婦は黙って深々と頭を下げた。

加藤は黙って従《つ》いてきた。

出口へ向かう廊下で夏希は加藤に声を掛けた。

「わたしね、仕事していて幸せだなって感じました」

夏希の声はわずかに震えていた。

「そうか……」

加藤は口もとに静かな笑みを浮かべてそれだけ言った。

島村の一家が無事になんということはない日々をすごしてゆくために、もし自分の力が役に立ったのなら……。

夏希はいまの仕事を続けてゆかねばと強く思った。

「頑張るしかないんですよね」

自分に言い聞かせるように夏希はつぶやいた。

廊下に続く明るい窓の外には相鉄線の高架橋の向こうに豊かな森がひろがっていた。

落葉樹はすっかり葉を落として、午後の光に照らされている。
雲のない空が青い。もうすぐ本格的な冬がやってくる。
夏希の心は澄んでいた。

本書は書き下ろしです。
本作はフィクションであり、登場する
人物・組織などすべて架空のものです。

脳《のう》科《か》学《がく》捜《そう》査《さ》官《かん》　真《さな》田《だ》夏《なつ》希《き》

ダーティ・クリムゾン

鳴《なる》神《かみ》響《きょう》一《いち》

令和7年 2月25日　初版発行

発行者●山下直久

発行●株式会社KADOKAWA
〒102-8177　東京都千代田区富士見2-13-3
電話　0570-002-301（ナビダイヤル）

角川文庫 24501

印刷所●株式会社暁印刷
製本所●本間製本株式会社

表紙画●和田三造

●お問い合わせ
https://www.kadokawa.co.jp/ （「お問い合わせ」へお進みください）
※内容によっては、お答えできない場合があります。
※サポートは日本国内のみとさせていただきます。
※Japanese text only

ISBN 978-4-04-115890-6　C0193

角川文庫発刊に際して

角　川　源　義

第二次世界大戦の敗北は、軍事力の敗北であった以上に、私たちの若い文化力の敗退であった。私たちの文化が戦争に対して如何に無力であり、単なるあだ花に過ぎなかったかを、私たちは身を以て体験し痛感した。西洋近代文化の摂取にとって、明治以後八十年の歳月は決して短かすぎたとは言えない。にもかかわらず、近代文化の伝統を確立し、自由な批判と柔軟な良識に富む文化層として自らを形成することに私たちは失敗して来た。そしてこれは、各層への文化の普及滲透を任務とする出版人の責任でもあった。

一九四五年以来、私たちは再び振出しに戻り、第一歩から踏み出すことを余儀なくされた。これは大きな不幸ではあるが、反面、これまでの混沌・未熟・歪曲の中にあった我が国の文化に秩序と確たる基礎を齎らすためには絶好の機会でもある。角川書店は、このような祖国の文化的危機にあたり、微力をも顧みず再建の礎石たるべき抱負と決意とをもって出発したが、ここに創立以来の念願を果すべく角川文庫を発刊する。これまで刊行されたあらゆる全集叢書文庫類の長所と短所とを検討し、古今東西の不朽の典籍を、良心的編集のもとに、廉価に、そして書架にふさわしい美本として、多くのひとびとに提供しようとする。しかし私たちは徒らに百科全書的な知識のジレッタントを作ることを目的とせず、あくまで祖国の文化に秩序と再建への道を示し、この文庫を角川書店の栄ある事業として、今後永久に継続発展せしめ、学芸と教養との殿堂として大成せんことを期したい。多くの読書子の愛情ある忠言と支持とによって、この希望と抱負とを完遂せしめられんことを願う。

一九四九年五月三日